U0066624

日常小感

楠山正雄　著
侯詠馨　譯

代代相傳的日本童話寶玉

有為民除害的桃太郎、與熊相撲的金太郎，
還有人生如幻的浦島太郎……

目次

輯二　文藝童話、諸國童話

輯三　英雄傳說

輯四　諸國物語

導讀
楠山正雄的童話世界

◎廖秀娟（元智大學應用外語學系副教授、日本大阪大學文學博士）

有關本書作者楠山正雄我們可以透過三個面向來認識他，首先他是一位橫跨明治、大正到昭和初期時的知名戲劇評論家，也是文學期刊雜誌以及出版社的編輯，更是一位兒童文學作家與翻譯家。楠山正雄於一八八四年十一月出生於日本東京銀座，三歲時因為經營印刷業的父親突然過世家道中落，少年時期家境貧困寄人籬下，在親戚間輾轉借居度過了一段艱難的青春時期。但是幸好有一位喜愛戲劇的祖母、熱心於學問的伯父，以及進入早稻田大學英文科就讀時遇到坪內逍遙與島村抱月兩位恩師，在這些貴人的幫助下，使他能夠奠定良好的基礎。島村抱月是一位著名的文藝評論家、也是近代劇團的導演，楠山正雄不僅跟島村抱月學習英美文學，更將學習的觸角擴展到歐洲西洋文學、以及近代劇的實現。二十二歲時楠山進入早稻田文學社參與編輯《文藝百科全書》，優異的表現獲得坪內逍遙的肯定，從早稻田大學畢業後，在坪內逍遙的推薦下，一九一〇年進入冨山房出版社擔任編輯，同時也在大隈重信主辦的雜誌《新日本》擔任編輯主任。

推薦人坪內逍遙是島村抱月的恩師，在當時以莎士比亞文學研究聞名，聲名響徹文壇，被譽稱為日本近代文學的先驅者，坪內逍遙自東大畢業之後就在早稻田大學任教，並且創刊文藝雜誌《早稻田文學》，除了小說創作之外也醉心於戲劇創作，是知名小說家、評論家、翻譯家更是劇評家。在坪內逍遙的引薦下，楠山正雄一九一一年於文學雜誌《早稻田文學》上發表戲劇評論〈菊五郎と吉右衛門〉，得到劇壇的認可，從此以戲劇評論家的身分開始活躍於戲劇界。之後更自行創刊戲劇雜誌，同時也發表戲曲創作。一九一三年到一九一五年楠山回到母校早稻田大學擔任講師教授近代劇，也加入由老師島村抱月主持的藝術座劇團，一邊從事出版編輯的工作一邊積極參與戲劇界的活動，代表的著作有《近代劇選集》、《近代劇十二講》。

然而在一九一九年楠山突然離開了過去投注萬般心力的戲劇界，主要原因是藝術座劇團負責人，也就是他的恩師島村抱月感染到一九一八年大流行的西班牙流感，這個傳染病在當時如同二〇一九年的新冠肺炎一樣，曾經導致全世界三分之一人口受到感染，保守估計有二千五百萬人死於此病，島村也因此病驟逝，兩個月後劇團當家女旦同時也是島村抱月的戀人松井須磨子不堪打擊，在藝術座的道具倉庫內自殺，劇團解散。楠山也因此遽變離開了劇壇，直到一九三七年接受《東京朝日新聞》邀請撰寫劇團評論，才在時隔十八年之後重新返回劇壇。

他離開劇壇之後，將工作重心擺放在世界著名童話的作品翻譯，例如《一千零一夜》、《伊索寓言》、《安徒生童話》、《世界童話寶玉集》、《日本童話寶玉集》等譯作的出版。其實楠山會一腳踏入兒童文學領域，背後重要的契機是起源於他在富山房的編輯工作。在大正時期只要提到兒童版的文學全集、世界名著，馬上會令人聯想到的就是冨山房於一九一五開始刊行的《模範家庭文庫》。這是他在社長坂本嘉治馬的委託下，親自著手編輯針對兒童閱讀的文學叢書——新譯插畫《模範家庭文庫》合計二十四卷。這套文學叢書是由楠山正雄一手策劃，參照叢書發行時的廣告以及發行主旨，可以知道叢書中收錄的作品要求「故事有趣」、「易於閱讀」、「增加插畫」、「講究裝幀」，希望能夠透過這套文學全集「在家庭中打造出幸福的花園」、「成為兒童們在地面上的天堂」、「大人們也能一同閱讀的世界古典」，也在書本的裝幀與插畫上竭盡心力，期盼能成為「書房的寶典」、「客廳的裝飾品」般，力求完美極盡華麗，直至今日仍獲得高度的評價，與近代社的《世界童話大系》並列大正時期經典之作。二十四卷當中的《伊索寓言》、《世界童話寶玉集》、《日本童話寶玉集》上下卷、《苦兒流浪記》是由楠山親自編譯，在日本兒童文學中上留下了重要的功績。

依照楠山正雄的兒子楠山三香男的說明，楠山會踏入兒童文學領域，並不是偶然的決定。進入了大正時期，特別是在第一次世界大戰的契機下，日本國內吹起了國際化與文化生活提升的風潮，針對提高兒童文藝素養的浪潮也隨之高昇。楠山很早就嗅到這股時代的脈動，將所有的精神投入，也以此為出發點，正式開啟了他兒童文學作家的創作活動。一九一六年與兒童文學之父小川未明等人共同創立了童話作家協會，之後更有多篇作品發表在大正時期著名的兒童文學雜誌上，如〈赤い鳥〉、〈童話〉、〈金の船〉、〈金の星〉。他的童話作品題材遍及古今東西，童話表現形式有翻譯、再譯、與創作，當中成績卓越的是童話的再譯。他為了想讓兒童們讀懂，有系統地以簡單的文字敘述用語將外國以及日本的故事再譯。同時也將一般民間流傳的故事、遠古的傳說，透過再敘述將它轉化成具有近代感的童話，進而提升成兒童文學作品。

本書收錄作品皆選自楠山正雄集大成之作《日本童話寶玉集》。楠山在編者自序中提到，這本書並不是從罕見的文獻中挖掘出新的故事，而是日本人從小就耳熟能詳的故事，從充滿風土人情的故事、神話、傳說、童話中選出一百篇故事集結成上下兩冊。當中他最大的目的就是將這些帶有老舊歷史味的故事，以大正時期吹入的自由嶄新的文字表現，來為老故事帶入新氣象。本書因篇幅的緣故，從《日本童話寶玉集》中收錄二十三篇作品，主要取材自〈日本十大古老傳說〉與〈英雄傳說〉、〈文藝童話〉、〈諸國童話〉、〈諸國物語〉。當中有多篇作品都是我們極為熟悉的故事，例如三位代表日本的太郎〈桃太郎〉、〈金太郎〉、〈浦島太郎〉。當中〈桃太郎〉曾經被文豪芥川龍之介改寫成小說之外，〈浦島太郎〉與〈剪舌麻雀〉、〈咔嚓咔嚓山〉、〈摘瘤爺爺〉也被大文豪太宰治改寫成翻案文學〈御伽草紙〉。更不用說，〈金太郎〉與日本兒童節的淵源。一九八三年獲得坎城影展金棕櫚獎的改編電影《楢山節考》，是以作家深澤七郎於一九五六年發表於雜誌《中央公論》十一月號的作品為底本，內容部分參照〈諸國物語〉中的〈姨捨山〉，故事敘述日本古代信濃國寒村因貧窮饉餓盛行，子女會將家中年滿七十歲的老人揹至山裡任其自生自滅的棄老傳說。在〈姨捨山〉的故事中，描寫兒子迫於無奈忍痛試圖利用深夜將老母親揹至深山丟棄，然而一路上老母親雖然知道自己將被丟棄，卻更擔心黑暗中兒子回程會迷路，沿路為親兒折枝留下路標，只祈願兒子平安到家。故事深刻描繪出母親愛子之心，令人動容。〈葛之葉狐〉的內容極為有趣，透過民間傳說來描繪平安時期橫空出世的大陰陽師安倍晴明深諳咒術靈力深奧的緣由。又從〈英雄傳說〉中收錄了作品〈田村將軍〉、〈八幡太郎〉、〈鎮西八郎〉、〈牛若丸與弁慶〉，故事介紹四位日本名將，透過這四篇作品的閱讀，可以更深入瞭解日本平安末期源氏與平家大戰的經過與始末。當中〈牛若與弁慶〉最有名，乃是以平安時期的武將源義經與武藏坊弁慶為主角的故事。若說中國有《三國演義》桃園三結義中劉備、關羽、張飛肝膽相照的兄弟之情，日本則有源義經與武藏坊弁慶這對至死相挺的主臣之義。源平大戰後，源義經戰功彪炳功高震主，引起哥哥源賴朝的猜忌反遭迫害四處逃竄，弁慶一路相護捨命護主，力戰至死。相傳在最後戰役中弁慶為保源義經能有時間自刃，不讓敵軍奪走主君屍首，一夫當關即使身中萬箭也堅持瞪大雙眼怒視敵軍站立而死，這也是日文諺語「弁慶の立ち往生（弁慶站立而亡）」的由來。

本書從楠山正雄撰寫故事中精選二十三篇作品，內容既有幽默詼諧的小品，也有感人熱淚的母子親情，更有忠貞相挺、至死追隨的主從之誼，透過他的童話故事可以更加深層的理解日本文化的奧義。

輯一

十大古老傳說

桃太郎

楠山正雄（くすやま まさお，1884 年— 1950 年）

桃太郎十五歲了。

到了這個時候，找遍全日本，也找不到比桃太郎還強的人了。

桃太郎想去外國，試試自己的身手。

一

很久很久以前，有一個地方，有一對老公公跟老婆婆。老公公每天都會上山去砍柴，老婆婆則會去河邊洗衣服。

有一天，當老婆婆勤奮地在河邊洗衣服時，從河的上游飄來一顆好大的桃子。

「咕嘟嘟噗咚噗咚。
咕嘟嘟噗咚噗咚。」

桃子發出這樣的聲響，飄了過來。

「唉呀唉呀，這顆桃子好大啊。看我的，我要把它帶回家，送給老公公當禮物。」

說著說著，老婆婆蹲低了身子，想把桃子撈過來，可是，距離太遠了，她的手構不著。這時，老婆婆拍手唱起：

「那邊的水比較辣。
這邊的水比較甜。
你要躲開辣辣的水，

過來甜甜的水這邊。」
於是，桃子又發出聲響，
「咕嘟嘟噗咚噗咚。
咕嘟嘟噗咚噗咚。」
飄到老婆婆的面前。老婆婆微笑地說：
「趁早跟老公公兩個人一起吃掉吧。」
她把桃子撿起來，跟洗好的衣服一起放在洗衣籃裡，吃力地抱著籃子回家了。
一直到了傍晚，老公公才背著柴，從山上回來了。
「老婆婆，我回來了。」
「欸，老公公，歡迎回來。我等了你好久呢。來，快點進來吧。我帶了個好東西回來。」
「真是太好了。妳說的好東西，是什麼呢？」
說著，老公公脫掉草鞋，走了進來。這時，老婆婆從櫃子裡，抱來剛才那顆沉甸甸的桃子，說：

「來，你看看這顆桃子。」

「哇，好厲害啊。妳上哪兒買來這麼大顆的桃子呢？」

「這不是我買的。是我今天在河裡撿來的哦。」

「咦？什麼？從河裡撿來的？那就更厲害了。」

老公公說著，把雙手放在桃子上，左瞧瞧、右看看，這時桃子突然從中間一分為二，桃子裡蹦出了活力十足的可愛嬰兒，發出強而有力的嬰兒啼哭聲。

「哇啊、哇啊。」

老公公跟老婆婆都嚇了一跳，一起發出驚叫聲。

「唉呀、唉呀。」

老公公與老婆婆都很開心，說：

「我們平常總是一直說想要一個孩子，這一定是神明賜給我們的孩子吧。」

於是，老公公連忙去燒熱水，老婆婆忙著準備尿布，一陣慌亂之後，他們抱著嬰兒，為新生兒洗澡。這時，嬰兒突然「嗯。」了一聲，撥開老婆婆抱著他的手。

「唉呀、唉呀。真是活潑的孩子。」

說著，老公公與老婆婆愉快地相視而笑。

「啊哈、啊哈。」

因為他是從桃子裡生出來的孩子，他們將這孩子取名為桃太郎。

二

老公公與老婆婆非常細心地呵護桃太郎，將他扶養長大。隨著桃太郎逐漸成長，他的體型比正常孩子壯碩了不少，力量也大多了，一起玩相撲的時候，附近的村子也沒有人能打敗他，不過，他是一個非常溫柔的人，非常孝順老公公與老婆婆。

桃太郎十五歲了。

到了這個時候，找遍全日本，也找不到比桃太郎還強的人了。桃太郎想去外國，試試自己的身手。

這時，有一個到外國各大島嶼旅行歸國的人，他說了許許多多稀奇古怪又不可思議的故事，最後說：

「我曾經划了好幾年、好幾年的船，一直到遙遠的大海盡頭，那裡有一座鬼島。惡鬼們住在戒備森嚴的黑色金屬城堡裡，守護著從各個國家搜刮來的珍貴寶物。」

聽了這個故事，桃太郎興起了想去鬼島的念頭，迫不及待地想要動身出發。回家之後，他立刻來到老公公面前，說：

「請您讓我出門一陣子吧。」

老公公嚇了一跳，問道：

「你要去哪裡呢？」

桃太郎回答：

「我要去鬼島討伐惡鬼。」

老公公說：

「真勇敢。你去吧。」

老婆婆也說：

「欸，要去那麼遠的地方，肚子一定會餓吧。好吧，我幫你準備便當吧。」

於是，老公公與老婆婆「嘿咻嘿咻」地叫著，把大搗臼搬到院子正中央，老公公拿杵，老婆婆則負責揉麵團，

「嘿咻嘿咻嘿咻嘿咻咻、嘿咻嘿咻嘿咻咻。」

他們搗了黍米糰子當便當。

當美味的黍米糰子完成後，桃太郎也做好出發的準備了。

桃太郎穿上武士的陣羽織[1]，腰帶佩刀，還掛著黍米糰子的袋子。手拿著畫著桃子圖案的軍扇，說：

「爸爸、媽媽，我要出發了。」

端莊有禮地低頭致意。

譯註1　一種披在鎧甲上的和服背心。

老公公說：

「你就威風地去打鬼吧。」

老婆婆也說：

「路上小心，別受傷囉。」

桃太郎說：

「沒問題的，我可是帶著日本第一的黍米糰子呢。」

他活力十足地留下這句話，

「請多保重。」

便出發了。老公公與老婆婆在門外站了好久、好久，目送著他離開。

三

桃太郎勇往直前，來到一座大山上。這時，草叢之中傳來「汪、汪。」的聲音，有一隻狗跑了過來。

桃太郎回頭一看，小狗非常客氣地向他行禮，問道：
「桃太郎先生、桃太郎先生，請問您要去哪裡呢？」
「我要去鬼島討伐惡鬼。」
「請問您掛在腰上的東西是什麼呢？」
「這是日本第一的黍米糰子。」
「請給我一顆吧。我願意跟您一起去。」
「好、好，給你吧，跟我來。」
小狗得到一顆黍米糰子，跟在桃太郎的後頭。
下山之後，又走了一段路，這次走進森林之中。這時，樹上傳來「吱、吱。」的叫聲，有一隻猴子爬了下來。
桃太郎回頭一看，猴子非常客氣地向他行禮，問道：
「桃太郎先生、桃太郎先生，請問您要去哪裡呢？」
「我要去鬼島討伐惡鬼。」

「請問您掛在腰上的東西是什麼呢？」

「這是日本第一的黍米糰子。」

「請給我一顆吧。我願意跟您一起去。」

「好、好，給你吧，跟我來。」

猴子得到一顆黍米糰子，跟在桃太郎的後頭。

走下山，穿越森林，這時他們來到寬廣的原野。空中傳來「咕、咕。」的叫聲，有一隻雉雞飛過來。

桃太郎回頭一看，雉雞非常客氣地向他行禮，問道：

「桃太郎先生、桃太郎先生，請問您要去哪裡呢？」

「我要去鬼島討伐惡鬼。」

「請問您掛在腰上的東西是什麼呢？」

「這是日本第一的黍米糰子。」

「請給我一顆吧。我願意跟您一起去。」

「好、好，給你吧，跟我來。」

雉雞得到一顆黍米糰子，跟在桃太郎的後頭。

小狗、猴子、雉雞，這下子他有了三個好手下，

桃太郎益發勇猛，愈是勇往直前，很快就來到寬闊的海邊。

這時，岸邊正好繫著一艘船。

桃太郎與三名手下立刻搭乘這艘船。

「我來負責划船吧。」

說著，小狗將船往前划。

「我來負責掌舵吧。」

說著，猴子坐下掌舵。

「我來負責瞭望吧。」

說著，雉雞站在船頭。

那是一個風和日麗的好天氣，湛藍的海面，平靜無波。不知道該說是快得像閃電

呢？還是射出去的箭矢呢？船以極快的速度往前進。差不多才划了一個小時吧，站在船頭瞭望遠方的雉雞大叫：

「欸、看到島了。」

同時啪嗒啪嗒地高聲鼓動翅膀，本來以為他飛進空中了，又咻地一聲，迅速地往前方飛去。

桃太郎也馬上從雉雞方才站立的地方眺望遠方，原來如此，在那遙遠大海的盡頭，可以隱隱約約地看見一個像雲霧般的淺灰色物體。隨著船隻的前進，原本看似雲霧的物體，逐漸顯露出島嶼的形狀。

「啊，看見了，看見了，我看見鬼島了。」

聽到桃太郎這麼說，小狗跟猴子都同聲高呼：「萬歲！萬歲！」

眼看著鬼島愈來愈近，已經可以清楚看見以堅硬岩石堆疊而成的惡鬼城堡了。還能看見惡鬼的軍隊們，在戒備森嚴的黑色金屬大門前方監視的模樣。

雉雞就停在那座城堡最高的屋頂上，望著這邊。原本以為必須划上好幾年的時間，才能抵達鬼島，沒想到一眨眼的時間就到了。

四

桃太郎在小狗與猴子的陪同之下，縱身一躍，輕鬆地跳到岸上。負責看守的惡鬼軍隊，見到這幾個陌生的身影，全都嚇了一大跳，慌忙地逃進門裡，將黑色金屬大門緊緊關上。這時，小狗站在門口，怒吼：

「日本的桃太郎先生來討伐你們了。開門，快開門！」

他咚咚咚地敲著大門。聽了他的聲音，惡鬼們嚇得直發抖，更是用盡了全力把門擋住。

這時，雉雞從屋頂飛下來，啄著那些擋門惡鬼們的眼睛，惡鬼們落荒而逃。猴子趁機快速地爬到石牆上，輕而易舉地從裡面把門打開。「殺啊！」桃太郎主僕發出制敵的戰吼，勇猛地攻進城裡，惡鬼的首領帶著許許多多的手下，每隻鬼都揮舞著很粗的鐵棒，吼著：「殺！殺！」朝他們衝了過來。

不過，他們是一群徒具壯碩身材，卻毫無膽識的鬼，不僅一直被雉雞啄眼睛，還被小狗咬住前腿，喊著：「好痛！好痛！」到處逃竄，更被猴子抓花了臉，最後終於哇地放聲大哭，把鐵棒等武器全都扔掉，屈膝投降。

惡鬼首領一直戰到最後一刻，最後還是被桃太郎制服在地。桃太郎騎在體型壯碩的惡鬼背上，用力地壓制他，同時說：

「怎麼樣？你還不投降嗎？」

惡鬼首領被桃太郎的無窮力量掐住了脖子，痛苦得不得了，撲簌撲簌地掉下大滴大滴的淚水，一直求饒：

「我投降，我投降。求您饒我一命吧。我會把所有的寶物都獻給您。」

惡鬼首領遵守他的約定，從城裡取出隱身蓑衣、隱身斗笠、萬寶槌[2]、如意寶珠[3]，還有珊瑚、玳瑁、琉璃等等，將世上最貴重的寶物放在車上，堆得跟小山一樣高了。

桃太郎將這些寶物全數帶走，跟三名手下一起搭船。回程的時候，船隻前進的速度比去程還快，一下子就抵達日本國了。

當船隻著陸之後，小狗率先站起來，將堆滿寶物的車子拉出去。雉雞則拉著繩子，猴子往後頭推。

「嘿咻、嘿咻。」

三人發出吆喝聲，將沉重的車子往外拉。

在桃太郎的家裡，老公公和老婆婆輪流說：

「桃太郎是不是該回來啦？」

兩人伸長了脖子等待。這時，桃太郎帶著三位了不起的手下，拉著搶來的寶物，得意洋洋地回來了，老公公和老婆婆都欣喜若狂。

老公公說：

「真厲害，真厲害，你果真是日本第一。」

譯註2 能敲出寶物的槌子。

譯註3 能實現願望的寶珠。

老婆婆說：

「唉呀，唉呀，你沒受傷真是太好啦。」

這時，桃太郎對小狗、猴子與雉雞說：

「討伐惡鬼真好玩，對吧？」

小狗開心地汪汪叫，同時以前腳倒立。

猴子吱吱地笑著，露出雪白的牙齒。

雉雞咕咕啼叫，在空中翻轉。

天空蔚藍晴朗，院子裡開滿了櫻花。

◎作者簡介

楠山正雄・くすやま　まさお

一八八四—一九五〇

出生於東京銀座，早稻田大學英文系畢業。曾任職於早稻田文學社、讀賣新聞社，而後進入冨山房工作。編輯多本童書、百科全書、並進行翻譯、創作、戲劇評論。楠山正雄為戲劇、辭典編輯、兒童文藝三個領域的先驅，為其奠定許多基礎。戲劇類編輯作品有《近代劇選集》、《近代劇十二講》、《浮士德》、《楠山正雄歌舞伎評論》；翻譯作品有《苦兒流浪記》、《愛麗絲夢遊仙境》、《伊索寓言》；創作作品有《草莓國》、《兩少年與琴》等等，而蒐集日本古老傳說的《日本童話寶玉集》則在出版後多次再版。

開花爺爺

不可思議的事發生了，不管他們搗了多久，白米總是源源不絕地冒出來，很快就把米臼填滿了，甚至還滿出來，不久，廚房裡全都是白米了。

一

很久很久以前，有一個地方，有一對老公公跟老婆婆。

他們是為人老實又善良的老公公與老婆婆，不過，他們沒有孩子，於是把他們養的狗小白，當成自己的孩子一般，疼愛有加。小白也很乖巧，聽從老公公與老婆婆的話。

他們的隔壁，也住著一對老公公跟老婆婆。他們是壞心眼又貪心的老公公與老婆婆。所以，他們很討厭隔壁的小白，覺得牠很髒，經常捉弄牠。

有一天，老實的老公公一如往常，扛著鋤頭去犁田，小白也跟他一起去，到處聞個不停，牠突然咬住老公公的衣袖，將他帶到田邊一棵巨大的朴樹下，用前腳挖著土，一邊叫：

「挖這裡吧，汪汪。

挖這裡吧，汪汪。」

「有什麼？有什麼？」

說著，老公公鋤頭一揮，便聽到喀喀聲，洞口發出耀眼的光芒。他一直往下挖，挖出了許多金幣。老公公大吃一驚，大聲喚來老婆婆，兩個人使出吃奶的力氣，好不容易才把金幣搬回家。

老實的老公公與老婆婆，一下子成了大富翁。

二

後來，隔壁貪心的老公公聽說這件事，感到非常羨慕，馬上上門來借小白。老實的老公公非常善良，不假他想就把小白借給他了，貪心的老公公替心不甘情不願的小白套上項圈，硬是用力把牠拉到田裡。

「我的田裡應該也埋著金幣吧。告訴我吧，在哪裡？在哪裡？」說著，他更用力地拉著小白，小白感到十分痛苦，於是隨便翻了旁邊的土。貪心的老公公說：

「嗯，這裡嗎？我要發啦，要發啦！」

開始挖了起來，可是，不管他挖了多深，都只挖出一些小石子或碎瓦片。儘管如此，他仍然挖個不停，沒想到突然聞到一股臭味，土裡一直冒出又髒又臭的東西。貪心的老公公大叫：「臭死了！」捏著鼻子。於是，他一氣之下，突然高舉鋤頭，敲打小白的頭，可憐的小白慘叫了一聲就死掉了。

老實的老公公與老婆婆，後來不知道有多麼傷心難過呢。不過，死去的小白再也無法復生了，他們傷心垂淚，把小白的屍骸接回家，在院子一角挖了一個坑，仔細地把牠埋好，還在上面種了一棵小松樹，當成牠的墓碑。眼見著那棵松樹迅速成長，很快就長成一棵大樹了。

老公公說：

「這是小白留給我們的紀念品。」

便把松樹砍斷，做了一個木臼。接著又說：

「小白最喜歡麻糬了。」

於是把米放進木臼裡，跟老婆婆兩個人一起搗起米來，

「嘿咻嘿咻嘿咻嘿咻咻、嘿咻嘿咻嘿咻咻。」

不可思議的事發生了，不管他們搗了多久，白米總是源源不絕地冒出來，很快就把米臼填滿了，甚至還滿出來，不久，廚房裡全都是白米了。

這次，隔壁的貪心老公公與老婆婆，聽了之後一樣很羨慕，又厚著臉皮，上門借木臼了。善良的老公公與老婆婆，這次又不小心把木臼借給他們了。

借來木臼之後，貪心的老公公立刻將白米放進木臼之中，跟老婆婆一起搗米，

「嘿咻嘿咻嘿咻咻、嘿咻嘿咻嘿咻咻。」

不過，白米不僅沒有滿出來，還飄出難聞的氣味，從木臼裡冒出又髒又臭的東西，源源不絕地冒出來，甚至還滿出來，不久，整間廚房都是髒東西。

貪心的老公公再次怒不可遏，把木臼敲碎，當成柴燒掉了。

善良的老公公來討回木臼的時候，木臼已經燒成灰了，把他嚇了一跳。不過，既然已經燒成灰了，也不可能復原，他十分沮喪，把剩下的灰撥進竹簍裡，無精打采地回家了。

「老婆婆，小白化身的松木，已經燒成灰燼了。」

說著，老公公將灰帶到院子角落，小白的墳墓旁，這時，不知從哪裡吹來一陣溫暖的輕風，將灰吹到院子的各個角落。後來怎麼了呢？當灰灑到原本已經乾枯的梅樹、櫻樹時，它們竟然陸續開花了，別處明明還是隆冬的景象，只有老公公的院子已經呈現春季欣欣向榮的美景。

老公公拍好叫好，喜不自勝。

「真有趣。不如讓所有的樹都開花吧。」

於是，老公公捧著竹簍裡剩下的灰，在馬路上邊走邊叫：

「開花爺爺，開花爺爺，日本第一的開花爺爺，能讓枯樹開花哦。」

這時，一名尊貴的大人騎著馬，率領眾多家臣，迎面而來，他打獵完正要回家。

大人叫住老公公，對他說：

「哦哦，難得一見的老公公。請你讓那邊的枯櫻樹開花吧。」

老公公立刻抱著竹簍，爬到櫻樹上，嘴裡唸著：

「金色櫻花，開吧開吧。

銀色櫻花，開吧開吧。」

抓起灰灑出去，櫻花一下子就開了，轉眼之間，櫻樹已經盛開。大人大吃一驚，說：

「太厲害了。太神奇了。」

他誇獎老公公，賞賜他許多東西。

這次，隔壁的貪心老公公又聽說了，羨慕不已，他把剩下的灰撥進竹簍裡，模仿老實的老公公，在路上大吼：

「開花爺爺，開花爺爺，日本第一的開花爺爺，能讓枯樹開花哦。」

這回，正好也遇到大人經過，說：

「你是上次那位開花爺爺嗎？再讓我見識一下開花吧。」

貪心的老爺爺一臉得意，抱著裝了灰的竹簍，爬到櫻樹上，同樣唸著：

「金色櫻花，開吧開吧。

銀色櫻花，開吧開吧。」

把灰亂灑一通，不過完全沒有開花。這時還吹起一陣強風，灰毫不客氣地灑向四面八方，吹進大人與家臣的眼睛與鼻子裡去了。在場的每一個人，全都揉著眼睛、打著噴嚏、撥著頭髮，造成一片大騷動。大人非常生氣，說：

「你一定是冒牌的開花爺爺。大膽狂徒！」

命人將貪心的老公公抓起來。老公公說：「對不起。對不起。」還是被關進大牢去了。

咔嚓咔嚓山

有一天，兔子把鎌刀插在腰際，刻意走到狸貓躲藏的洞穴旁邊，取出鎌刀，到處割草。割草的同時，牠拿出放在隨身袋子裡的去皮乾栗子，酥酥脆脆地吃了起來。

一

很久很久以前，有一個地方，有一對老公公跟老婆婆。每當老公公到田裡工作的時候，後山都會跑來一隻老狸貓，破壞老公公花費苦心種植的農作物，還在背後朝著老公公扔石頭或砂子。老公公氣得追過來，牠就會一溜煙地逃跑。過一會兒，又回來繼續搗蛋。老公公十分煩惱，最後設了一個陷阱，有一天，狸貓終於被陷阱逮著了。

老公公開心地差點跳起來，說：

「真痛快。總算抓到你了。」

他把狸貓的四隻腳綁在一起，扛回家去了。他把狸貓吊掛在天花板上，對老婆婆說：

「把牠看好，可別讓牠逃了，晚上我回家之前，煮狸貓湯給我吃吧。」

說完，他又回田裡去了。

在綁著、吊著狸貓的下方，老婆婆把臼搬出來，咚咚咚地搗起麥子。不久，老婆婆擦擦汗，說：

「唉，累死了。」

這時，乖乖吊著的狸貓在上面說：

「喂，老婆婆，如果您累了，請讓我幫忙吧。不過，您要先幫我解開繩子。」

「才不需要你的幫忙呢。解開繩子之後，你非但不會幫忙，還會立刻逃走吧。」

「不會，反正我已經被逮住了，事到如今，我逃跑也沒有意義吧？求求您行行好，放我下來吧。」

因為牠實在是假裝乖巧地求了太多次，老婆婆也鬆懈了，將狸貓的話信以為真，解開繩子把牠放下來。這時，狸貓說：

「謝天謝地。」

撫摸牠被綁住的手腳。又說：

「來，我來幫您搗吧。」

拿起老婆婆的杵，假裝要搗麥子，卻突然將杵朝著老婆婆的頭頂搗下去，

「呀！」

很快地，老婆婆便兩眼昏花，倒地死了。

狸貓立刻把老婆婆煮了，煮成一鍋代替狸貓湯的婆婆湯，自己則假扮成老婆婆，一臉若無其事地坐在火爐前方，等待老公公回來。

到了傍晚，一無所知的老公公心想，

「晚上可以嚐到狸貓湯了。」

笑嘻嘻地趕回家。這時，狸貓扮的老婆婆似乎等不及了，說：

「唉呀，老公公，歡迎回來。我已經煮好狸貓湯了，正在等你呢。」

「哦哦，這樣啊。太感謝了。」

說著，他馬上坐到餐桌前。對著狸貓老婆婆的餐點說：

「真好吃、真好吃。」

他讚不絕口，又喝了第二碗婆婆湯，著迷地吃個不停。狸貓扮的老婆婆見了之後，忍不住「呵呵」笑了，也現出狸貓的原形。

「吃掉老婆婆的老公公，

去看看流理台底下的骨頭吧。」

狸貓說著，露出牠的大尾巴，一溜煙從後門逃走了。

老公公嚇了一大跳，嚇到腿都軟了。後來，他抱著流理台底下的老婆婆遺骨，哇哇大哭。

這時，同樣住在後山的白兔走進來，說：

「老公公、老公公，你怎麼啦？」

老公公說：

「啊，是白兔啊。你來的正好。聽我說。我好慘哦。」

接著把事情的來龍去脈都告訴牠。白兔非常同情他，可靠地說：

「唉，你辛苦了。不過，我一定會把狸貓抓起來，請你放心。」

老公公淌下喜悅的淚水，說：

「好，拜託你啦。我實在是太不甘心了。」

「放心吧。我馬上把狸貓約出來，讓牠嚐嚐苦頭。等我的消息。」

說完，兔子就回家了。

二

狸貓從老公公家逃出來之後，心裡覺得十分害怕，哪兒也沒去，一直躲在自己的洞穴裡。

有一天，兔子把鐮刀插在腰際，刻意走到狸貓躲藏的洞穴旁邊，取出鐮刀，到處割草。割草的同時，牠拿出放在隨身袋子裡的去皮乾栗子，酥酥脆脆地吃了起來。這時，狸貓聽見聲音，便慢吞吞地從洞裡爬了出來。

「兔子先生，兔子先生。你在吃什麼？看起來很好吃耶。」

「我在吃栗子。」

「可以分我一點嗎？」

「沒問題，幫我背半捆柴到那座山上，我就分給你。」

狸貓實在是太想吃栗子了，只好背著柴，走在前面。走到那座山之後，狸貓回頭說：

「兔子先生，兔子先生。可以給我乾栗子嗎？」

「哦，沒問題，等我們走到下一座山再給你。」

狸貓出於無奈，再次快步帶頭往前走。不久，他們走到另一座山，狸貓回頭說：

「兔子先生，兔子先生。可以給我乾栗子嗎？」

「哦，沒問題，順便再走到下一座山吧。這次一定給你。」

狸貓出於無奈，再次走在前頭，這次牠心無旁騖，一心只想快點走到另一座山，頭也不回地奮力往前走。

兔子看準了這個空檔，從懷裡取出打火石，「咔嚓咔嚓」地點火。狸貓覺得奇怪，

「兔子先生，兔子先生。怎麼會有咔嚓咔嚓的聲音呢？」

「這座山叫做咔嚓咔嚓山嘛。」

「哦哦，原來如此。」

說著，狸貓再度往前走。這時，兔子將點著的火引到狸貓背上的柴，火勢烘烘地燒了起來。狸貓又覺得奇怪，

「兔子先生，兔子先生。怎麼會有烘烘的聲音呢？」

「對面那座山叫做烘烘山哦。」

「哦哦，原來如此。」

說著，火苗已經迅速蔓延到狸貓的背上了。狸貓大叫：

「好燙啊！好燙啊！救命啊！」

牠拚命地往前跑，山風則猛烈地吹在牠的背上，把火燒得更旺了。狸貓放聲號哭，痛得四處打滾，好不容易才把燃燒的柴甩下來，衝回洞裡去了。兔子刻意大聲說：

「大事不好啦。失火了。失火了。」

邊說邊回家去了。

三

第二天，兔子將辣椒摻進味噌裡，製成傷藥，帶去探望狸貓。狸貓的背後嚴重燒傷，躺在漆黑的洞穴裡不停哀號。

「狸貓先生，狸貓先生。昨天真是太慘了。」

「真的，我好倒霉啊。我的傷勢這麼嚴重，該怎麼做才會痊癒呢？」

「嗯，關於這件事呢，我看你實在是太可憐了，所以帶了對燒傷最有效的傷藥來看你了。」

「真的嗎？太感謝了。快點幫我塗上吧。」

說著，狸貓露出牠那冒著水泡、脫皮紅腫的背部，兔子便在牠的背上塗滿厚厚的一層辣椒味噌。這時，牠的背上再度感受到烈火燒灼一般的熾熱，狸貓說：

「好痛、好痛啊。」

又在洞穴裡到處打滾。兔子看著牠，微笑地說：

「狸貓先生，剛開始會覺得刺痛哦。馬上就會好了，你忍耐一下吧。」

說完便回家了。

四

又過了四、五天。有一天，兔子自言自語地說：

「狸貓那傢伙不知道怎麼了。這次帶牠出海，讓牠嚐點苦頭吧。」

臨時造訪了狸貓家。

「嗨，狸貓先生，燒傷好了嗎？」

「嗯，託你的福，好的差不多了。」

「那就好。要不要一起出門玩呢？」

「算了，我已經受夠山上了。」

「那別去山上了，不然我們去海邊吧，海裡可以捕魚哦。」

「原來如此，海邊好像很好玩。」

於是，兔子便帶著狸貓去海邊。兔子準備了一艘木船，狸貓覺得十分羨慕，便模仿牠塑了一艘泥船。船準備好之後，兔子便搭上木船。狸貓則搭上泥船。牠們各自划船到海上，分別說：

「天氣真好。」

「風景真漂亮。」

十分稀奇地眺望著海上風光，兔子說：

「這邊還捕不到魚哦。我們去更遠的海面吧。來，我們來比賽，看誰先划到吧。」

狸貓說：

「好，好，一定很好玩。」

於是，牠們喊了一、二、三之後，便開始往前划。兔子猛力敲打船身，說：

「你看，木船輕巧又迅速吧。」

這下子，狸貓也不服輸，用力敲打船身，說：

「看我的，泥船厚重又堅固。」

很快地，泥船滲水了，逐漸崩塌。

「呀！糟了！我的船壞了。」

狸貓嚇了一跳，非常驚慌。

「啊啊，要沉啦！要沉啦！救命啊！」

兔子十分有趣地望著狸貓驚慌的模樣，說：

「活該。這是你欺騙、殺害老婆婆，還讓老公公喝下婆婆湯的報應。」

狸貓說牠再也不敢了，拚命求救，拜託兔子救牠。不久，船逐漸分解，狸貓載浮載沉地，終於沉進海裡了。

割舌麻雀

麻雀將兄弟姊妹與朋友麻雀全部找來，準備了許多老公公喜歡的菜餚，唱了許多有趣的歌曲，大家還一起為老公公跳了麻雀舞。

一

很久很久以前，有一個地方，有一對老公公跟老婆婆。

由於他們沒有孩子，老公公養了一隻小麻雀，把牠放在鳥籠裡，悉心照顧牠。

有一天，老公公一如往常地上山砍柴，老婆婆則去井邊洗衣服。老婆婆把洗衣服用的漿糊遺忘在廚房裡，在家留守的小麻雀從鳥籠裡輕輕跳出來，把漿糊舔個一乾二淨。

老婆婆回家拿漿糊的時候，發現盤子裡的漿糊全都沒了。得知漿糊全都被麻雀吃光之後，壞心腸的老婆婆非常生氣，抓起可憐的小小麻雀，硬是撬開牠的嘴巴，說：

「這個舌頭怎麼這麼壞呢？」

拿剪刀把舌頭喀嚓一聲剪掉了。接著又說：

「給我滾。」

把麻雀放走了。麻雀發出悲傷的聲音，叫著：

「好痛、好痛哦。」

飛走了。

傍晚，老公公背著柴，從山上回來了，他說：

「唉，累死啦，麻雀一定肚子餓了吧？來，我來餵你囉。」

來到鳥籠前面一看，裡面已經不見麻雀的身影了。老公公大吃一驚，說：

「老婆婆、老婆婆，麻雀上哪去啦？」

老婆婆毫不在乎地說：

「你說麻雀啊？牠把我珍貴的漿糊吃掉了，所以我剪了牠的舌頭，把牠放走了。」

老公公露出非常沮喪的表情，說：

「唉，真可憐。妳怎麼這麼狠心。」

二

老公公非常擔心被割了舌頭的麻雀的下落，第二天的天色剛亮，他就立刻出門了。老公公拄著枴杖，走在大街小巷呼喚：

「割了舌頭的麻雀，

你家在哪兒？

啾啾啾。」

他漫無目的地尋找。越過原野，越過山嶺，再次越過原野，越過山嶺，來到一片竹林茂密的地方。這時，竹林裡傳來：

「割了舌頭的麻雀，

我家在這兒。

啾啾啾。」

老公公非常開心，走向聲音的方向，終於在竹林深處，找到一間可愛的紅色屋子，割了舌頭的麻雀開門迎接他。

「老公公，歡迎您過來。」

「哦、哦、你還好嗎？我實在是太想念你了，才過來找你。」

麻雀跪坐在老公公面前鞠躬行禮，說：

「老公公，真的很抱歉，我偷偷把漿糊吃光了。承蒙您不怪罪，還特地登門拜訪。」

老公公也說：

「你在說什麼呢，我不在的時候，你不知道受了多少苦。我很高興還能再見到你。」

麻雀將兄弟姊妹與朋友麻雀全部找來，準備了許多老公公喜歡的菜餚，唱了許多有趣的歌曲，大家還一起為老公公跳了麻雀舞。老公公非常開心，把回家的事拋到腦後了。由於天色逐漸暗了，老公公這才起身說：

「感謝你的招待，我今天很開心。我該趁著天黑之前告辭了。」

麻雀說：

「雖然我們家雜亂不堪，今晚請您留下來過夜吧。」

大家一起挽留老公公。

「感謝你留我過夜，不過老婆婆還在等我，今天我還是先回家吧。下次再過來玩。」

「真遺憾，我為您準備了一份禮物，請您稍等。」

說著，麻雀從家裡拿出兩個藤簍。又說：

「老公公，這裡有重的藤簍跟輕的藤簍。請您挑一個吧。」

「吃了你的大餐，還拿你的禮物，真是不好意思啊，既然你有這份心意，我就帶回家吧。不過呢，我年紀大了，還要走很遠的路，我選輕的那個吧。」

說完，老公公在牠們的協助之下背起輕的藤簍，

「再見。我下次再來哦。」

「期待您的來訪。回家的路上，請小心慢走。」

說著，麻雀一路送老公公到門口。

三

天色已經黑了，老公公還沒回來，老婆婆嘟囔著：

「他上哪去啦？」

這時，背著禮物藤簍的老公公回來了。

「老公公，你剛才上哪去啦？在外面做什麼？」

「先別生氣嘛。我今天去找麻雀的家，牠招待我吃大餐，還跳麻雀舞給我看，最後還送我這麼貴重的禮物哦。」

說著，他把藤簍放下來，老婆婆立刻換上一張笑臉，說：

「真是太好啦。裡面裝了什麼呢？」

她馬上把藤簍的蓋子打開，裡面放著許多令人眼睛為之一亮的金銀珊瑚與寶石。

老公公看了之後，露出得意的表情說：

「還好，麻雀拿出重的藤簍和輕的藤簍，問我要哪一個，我想我已經上了年紀，還要走很遠的路，所以選了輕的藤簍，沒想到裡面竟然放了這些東西。」

於是，老婆婆立刻又換上不高興的表情，

「老公公你真笨。為什麼沒選重的藤簍呢？重的藤簍裡面一定放著更多好東西。」

「別那麼貪心嘛。這裡面已經有這麼多珍寶了，這樣就夠了吧？」

「這怎麼夠呢？好吧，換我出馬，把重的藤簍拿回來吧。」

老婆婆說完，也不顧老公公的阻止，等不及第二天天亮，便立刻奪門而出了。

外面已經一片漆黑，不過老婆婆貪得無饜，只顧著奮力拄著拐杖，一邊尋找，一邊叫喚著：

「割了舌頭的麻雀，

你家在哪兒？

啾啾啾。」

越過原野，越過山嶺，再次越過原野，越過山嶺，來到一片竹林茂密的地方。這時，竹林裡傳來：

「割了舌頭的麻雀，

我家在這兒。

啾啾啾。」

老婆婆心想：「太好了。」便朝著聲音傳來的方向走去，割了舌頭的麻雀這次也開了門走出來。牠溫柔地說：

「是老婆婆啊。歡迎您過來。」

麻雀引領她進家裡。

「來，請您進來吧。」

接著牽起老婆婆的手，想要請她坐在座位上，不過老婆婆似乎十分慌張，只顧著左顧右盼，根本沒打算坐下來。

「沒有啦，看到你平安無事，我就放心了，別費心招待我了。對了，快點送我禮物吧，我該告辭了。」

老婆婆突然開口催促禮物，老婆婆的貪心也把麻雀嚇了一跳，不過老婆婆還是毫不在乎，焦急地說：

「喂，快點送我吧。」

麻雀只好說：

「好的，好的，請您稍等一下。我馬上去拿禮物過來。」

牠從家裡拿出兩個藤簍。

「這裡有重的藤簍與輕的藤簍，請您自行挑選吧。」

「我當然要選的比較重的那個。」

說完，老婆婆奮力背起沉重的藤簍，隨便打聲招呼就離開了。

雖然老婆婆成功拿到重的藤簍，背著沉重的藤簍往前走，不知怎地，藤簍竟然愈來愈沉重，即便是逞強的老婆婆，都覺得腰痠背痛了。不過，她自言自語地說：

「這麼重，表示裡面裝了很多寶物，好期待啊。裡面到底裝了什麼呢？在這裡休息一下，先看一眼吧。」

她喊了一聲「嘿咻」，坐在路邊的石頭上，卸下藤簍，心急地打開蓋子。

結果怎麼了呢？本來以為裡面放著讓人眼睛為之一亮的金銀珊瑚，沒想到裡面卻冒出了三眼小和尚、獨眼小和尚、長脖子和尚等等各式各樣的妖怪，祂們說：

「你這個貪心的老婆婆！」

用恐怖的眼睛瞪著老婆婆，還伸出噁心的舌頭舔她的臉，讓老婆婆覺得生不如死。

「不好啦、不好啦、救命啊。」

老婆婆發出慘叫，拚了命地逃跑。面如槁木、魂都丟了一半，好不容易才衝回家裡，老公公大吃一驚，說：

「怎麼啦？怎麼啦？」

老婆婆說了她遇上的慘事，還說：「唉，我真是受夠了。」

老公公似乎很同情她，說：

「唉，妳還真慘啊。所以說，做人不要太殘忍，也不要太貪心啊。」

猿蟹合戰

牠迅速地爬到樹上去了。牠動作緩慢地在枝椏之間坐下來，先摘下一顆看起來很好吃的紅色柿子，故意說：「這柿子真美味。」

一

很久很久以前，有一個地方，有一隻猴子跟螃蟹。
在一個晴朗的日子，猴子跟螃蟹一起出去玩。到了半路，猴子在山路撿了柿子的種籽。繼續往前走，螃蟹則在河邊撿到飯糰。螃蟹說：
「你看，我撿到一個好東西。」
讓猴子看了飯糰，猴子也說：
「你看，我也撿到這個好東西。」
讓螃蟹看了柿子的種籽。不過，猴子心裡其實很想要飯糰，所以他對螃蟹說：
「我用這顆柿子的種籽跟你交換吧，好不好？」
螃蟹說：
「可是飯糰比較大耶。」
猴子說：
「不過呢，只要把柿子的種籽種在土裡，它會發芽，長成一棵樹，結出好吃的果實哦。」

聽了這句話之後，螃蟹也想要種籽了，說：

「你說的有道理。」

最後終於用大飯糰交換了小柿子種籽。猴子順利騙過螃蟹，拿到飯糰，像在炫耀一般，大口大口地在螃蟹面前吃得十分香甜，說：

「再見，螃蟹先生，謝謝你的招待。」

慢慢地走回家了。

二

螃蟹馬上把柿子種籽種在自己的院子裡。說：

「柿子的種籽啊，快快發芽吧。

不發芽的話，我就要把你剪掉哦。」

於是，可愛的嫩芽很快就冒出來了。

螃蟹每天對著嫩芽說：

「柿子的嫩芽啊，快快長成大樹吧。不然的話，我就要把你剪掉哦。」

於是，柿子芽迅速茁壯，長成一棵大樹，長了枝幹，還有繁茂的樹葉，不久就開花了。

這回，螃蟹每天對著大樹說：

「柿子樹啊，快快結果吧。不然的話，我就要把你剪掉哦。」

於是，柿子樹很快就結實累累，又迅速轉紅了。螃蟹站在樹下仰望，說：

「看起來真好吃。好想趕快吃一顆。」

牠伸長了手，不過牠太矮了，怎麼也搆不著。牠打算爬到樹上，不過牠是橫著走，不管怎麼爬都會滑下來。用盡了法子之後，牠最後放棄了，不過牠每天仍然露出遺憾的表情，站在樹下眺望。

有一天，猴子來了，當牠抬頭仰望結實累累的柿子，口水都留下來了。螃蟹看了之後，便對牠說：

「猴子先生，你別光顧著看，可以爬上去幫我摘嗎？我會分你一些柿子做為謝禮。」

猴子露出「太好了」的表情，說：

「好，我幫你摘，等我一下。」

牠迅速地爬到樹上去了。牠動作緩慢地在枝椏之間坐下來，先摘下一顆看起來很好吃的紅色柿子，故意說：「這柿子真美味。」

便大口大口地嚼了起來。螃蟹十分羨慕地在樹下眺望，說：

「喂、喂，你別只顧著自己吃啊，快點扔到我這邊來。」

猴子說：「好哦、好哦。」

故意摘了一顆青柿子往下扔。螃蟹連忙撿起來吃，不過那顆柿子太澀了，害牠的嘴都歪了。螃蟹說：

「喂，我不要這麼澀的。幫我摘甜一點的吧。」

猴子說：「好哦、好哦。」

便摘了一顆更青的柿子往下扔。螃蟹說：

「這顆還是很澀啊。幫我摘一顆香甜的柿子吧。」

猴子似乎覺得很煩，說：

「知道了，不然你吃這個吧。」

摘了一顆最青、最硬的柿子，瞄準了在樹下仰頭等待的螃蟹，用盡全力往下扔，螃蟹「啊」地叫了一聲，蟹殼受到嚴重的打擊，昏了過去，就這樣斷了氣。猴子說：「你活該。」樂得獨吞了香甜的柿子，吃到肚子都快撐破了，最後還抱走雙手快要抱不完的柿子，頭也不回地逃走了。

猴子離開之後，當時正好去後面小溪找朋友玩的小螃蟹回來了。牠在柿子樹下看見蟹殼被砸爛、已經死去的螃蟹爸爸。小螃蟹大吃一驚，傷心地哭了起來。牠邊哭邊想：「到底是誰做出這麼殘忍的事呢？」仔細觀察後，發現方才還結實累累的柿子，已經全都消失了，只剩下一些青澀的柿子。

「一定是猴子那傢伙殺死父親，把柿子搶走了吧。」

螃蟹相當悲憤，再次傷心地哭了起來。

這時，栗子蹦蹦跳跳地來了，它問：

「螃蟹先生、螃蟹先生，你為什麼在哭呢？」

小螃蟹說，猴子殺了牠的螃蟹爸爸，所以牠要報仇，栗子便說：

「可恨的猴子。好，叔叔來幫你報仇，別哭了。」

儘管如此，小螃蟹還是哭個不停，這時，蜜蜂嗡嗡地飛了過來，牠問：

「螃蟹先生、螃蟹先生，你為什麼在哭呢？」

小螃蟹說，猴子殺了牠的螃蟹爸爸，所以牠要報仇，蜜蜂便說：

「可恨的猴子。好，叔叔來幫你報仇，別哭了。」

儘管如此，小螃蟹還是哭個不停，這時，昆布慢慢地滑了過來，它問：

「螃蟹先生、螃蟹先生，你為什麼在哭呢？」

小螃蟹說，猴子殺了牠的螃蟹爸爸，所以牠要報仇，昆布便說：

「可恨的猴子。好，叔叔來幫你報仇，別哭了。」

儘管如此，小螃蟹還是哭個不停，這時，臼滾了過來，它問：

「螃蟹先生、螃蟹先生，你為什麼在哭呢？」

小螃蟹說，猴子殺了牠的螃蟹爸爸，所以牠要報仇，臼便說：

「可恨的猴子。好，叔叔來幫你報仇，別哭了。」

這下子，小螃蟹總算不哭了。跟栗子、蜜蜂、昆布與臼一起，共同商議如何報仇。

三

牠們討論完畢之後，臼、昆布、蜜蜂與栗子便帶著小螃蟹去找猴子。猴子吃了許許多多的柿子，肚皮都漲大了，也許打算要出門消化一下，上山玩耍去了，不在家裡。

臼說：

「這下正好。趁這個時候，大家一起躲在家裡等牠吧。」

大家紛紛贊成，栗子先說：

「我躲在這裡吧。」
便潛進爐子的灰燼裡。
蜜蜂說：
「我躲在這裡吧。」
便躲在水瓶後方。
昆布說：
「我躲在這裡吧。」
便在門檻上躺平。
臼說：
「好，我坐在這裡吧。」
便爬到門楣上頭。
到了傍晚，猴子玩累了，從外面回來了。牠一屁股坐在火爐邊，說：
「啊，好渴啊。」

突然把手伸向茶壺，躲在灰裡的栗子一下子蹦出來，用盡全力跳到猴子的鼻子上。

「好燙。」

猴子大叫，慌忙按住鼻子衝進廚房。正想要冰鎮燙傷，當牠把頭伸到水瓶上方，蜜蜂就從後面嗡地飛出來，使盡全力刺向猴子的眼睛上方。

「好痛。」

猴子大叫，又慌慌張張地逃向出口。正當牠要逃出去的時候，踩到躺在門檻上的昆布跌倒了，肚子朝下趴在地上。臼又哐噹一聲滾到牠身上，吆喝一聲，用力壓在牠身上。

猴子已經泛紅的臉又更紅了，牠十分地痛苦，發出嗚嗚的呻吟，揮舞著手腳。

這時，小螃蟹從院子的角落慢慢地爬出來，說：

「你還記得我的殺父之仇嗎？」

舉起鉗子，喀嚓一聲將猴子的脖子剪斷了。

水母使者

牠上陸之後，四處張望，看到一旁的松樹，有一隻紅著臉、紅著屁股的生物，跨坐在樹枝上。水母心想：「哈哈，那就是猴子了吧。」

一

很久很久以前，龍王與龍后住在海底的氣派宮殿裡。海裡所有的魚都懼怕龍王的勢力，成為他的家臣。

有一次，龍王的龍后意外生了一場重病。用盡了各種法子，也服用了一切的藥方，卻完全沒有效果。不久，龍后的身體逐漸衰弱，病情非常嚴重，可能隨時都會香消玉殞。

龍王擔心得不得了，不知該如何是好。於是，他把大家找來，跟大家討論：「這下該怎麼辦呢？」大家也說：「怎麼辦呢？」一面面相覷。

這時，章魚和尚從距離非常遙遠的下方，以八隻腳緩慢地爬出來，畏畏縮縮地說：「我經常待在陸上，聽了人類和各種陸地生物的說法，聽說活生生的猴肝，在這種時候特別有效。」

「哪裡找得到這個東西呢？」

「從這裡往南走，有一座猴子島。那裡住著許多猴子，請您派遣一名使者，去抓一隻猴子吧，您覺得如何呢？」

「原來如此。」

這時，大家開始討論要派誰當使者。後來，鯛魚說：

「派水母應該不錯吧。雖然牠長得其貌不揚，不過牠有四隻腳，可以在陸地自由行走。」

於是，他們把水母找來，派遣牠當使者。不過，牠本來就不是什麼機靈的魚類，即使聽了龍王的吩咐，牠也不知道該怎麼辦，十分煩惱。

水母緊抓著大家，把事情從頭到尾聽了一遍。

「猴子這種東西，到底長得什麼模樣呢？」

「牠有一張紅紅的臉、紅紅的屁股，經常爬到樹上，很喜歡吃栗子跟柿子。」

「該怎麼做才能抓到猴子呢？」

「你要想辦法騙牠。」

「我要用什麼方法騙牠呢？」

「你就說一些猴子愛聽的話，像是龍王大人的宮殿很氣派啦、有很多美食之類的，說一些猴子聽了會想來的話吧。」

「可是，我要怎麼把猴子帶進海裡呢？」

「你背著牠過來吧。」

「牠應該很重吧？」

「那也沒辦法啊。你要忍耐。這是臣子的職責所在。」

「是、是，我了解了。」

於是，水母在海裡載浮載沉，游向猴子島的方向。

二

好不容易才在遠方看見一座小島。水母心想：「那一定是猴子島了吧。」終於游到島上。牠上陸之後，四處張望，看到一旁的松樹，有一隻紅著臉、紅著屁股的生物，跨坐在樹枝上。水母心想：「哈哈，那就是猴子了吧。」牠若無其事地慢慢湊到猴子身旁。

「猴子先生、猴子先生，今天天氣真好。」

「對啊，天氣真好。不過，我好像沒見過你耶，你是打哪來的呢？」

「我叫做水母，是龍王的家臣。因為今天的天氣很好，所以我就隨性地來這邊玩了，這座猴子島果然是一個好地方。」

「嗯，當然是一個好地方。如你所見，風景很美，栗子跟柿子也很多，這麼好的地方，別處可是找不著了。」

說著，猴子拚了命地抬高牠的矮鼻子，露出得意的表情，水母刻意裝出非常可笑的模樣，笑了出來。

「哈哈，猴子島的確是一個好地方，不過，跟龍宮比起來，還差得遠呢。猴子先生你不知道龍宮，才敢說這種話，真想讓你見識見識龍宮長什麼樣子呢。每一個地方都是用金銀、珊瑚製作的，院子裡一整年都長滿了摘不完的栗子、柿子，還有許許多多的水果。」

這段話挑起了猴子的興趣。牠總算從樹上爬下來，說：

「哼，要是真有那麼好的地方，我也想去見識一下。」

水母心想：「順利上勾了。」

「如果你想去的話，我帶你去瞧瞧吧。」

「可是我不會游泳耶。」

「不要緊，我背你去吧。好，我們出發吧，走囉。」

「這樣啊。那就拜託你啦。」

猴子終於趴在水母的背上。水母背著猴子，再次載浮載沉地飄在海上，這次則不斷往北方游去。過了一會兒，猴子說：

「水母先生、水母先生。龍宮還有多遠呢？」

「還要游一段路哦。」

「好無聊哦。」

「請你乖乖抓好吧。亂動的話，會掉進海裡哦。」

「好可怕啊。你要好好游哦。」

聊著聊著，水母本來就不是什麼機靈又會說話的魚類，終於說溜了嘴，問：

「喂，猴子先生、猴子先生，你身上是不是有活生生的肝呢？」

這突如其來的問題，讓猴子覺得十分奇怪，

「有是有啦，不過你問這個幹嘛呢？」

「因為，活生生的肝是最要緊的大事嘛。」

「有多要緊呢？」

「嗯，我不能告訴你哦。」

猴子愈來愈擔心了，一直不斷發問。水母也覺得很好玩，便趁機戲弄起猴子。猴子非常慌張。

「喂，到底是什麼事。快告訴我嘛。」

「唔，該不該說呢？告訴你吧，我看還是算了。」

「你的心眼怎麼這麼壞呢？可把我急死了。快告訴我吧。」

「好，告訴你吧，老實說，前陣子，龍王的龍后生了一場病，快要死掉了。要是沒讓她服用活生生的猴子肝，這病情就不會好轉，所以我才來帶你過去。最要緊的大事就是指活生生的肝哦。」

猴子聽完大吃一驚，不停地發抖。不過，牠心想，在海裡大鬧也無事無補，故意裝得若無其事，

「什麼嘛，原來是這件事。要是我的活肝可以治好龍王的龍后，我當然願意獻上我所有的活肝哦。可是你怎麼不早說呢？也許你不知道，我出門的時候，把活肝放在島上了。」

「哦哦，你沒帶活肝來嗎？」

「沒錯，我掛在剛才那棵松樹枝上曬乾呢。活肝這種東西啊，可要時常拿出來洗一洗，不然會髒呢。」

猴子一本正經地說了這段話，水母聽了非常沮喪，

「怎麼會這樣！要是少了最重要的活肝，把你帶到龍宮也沒用啊。」

「唉，難得有機會去龍宮，要是沒帶伴手禮，那怎麼好意思呢。不然麻煩你再帶我回島上一趟吧。這樣一來，就能回去拿活肝了。」

儘管水母一直碎唸，仍然背著猴子，回到原本的島去了。

來到猴子島之後，猴子連忙慌張地從水母的背上跳下來，迅速爬到樹上去了，就這樣，牠再也不曾下來了。

水母著急地說：

「猴子先生、猴子先生，你在做什麼呢？快點把活肝拿下來吧。」

猴子在樹上呵呵呵地笑了，說：

「我才不會下去呢。你快滾吧。今天辛苦你啦。」

水母氣得鼓起雙頰，

「什麼！我們不是約好要回來拿活肝嗎？」

「你這隻笨水母！誰會送上自己的活肝啊？要是活肝被人拿走，我這條命都沒啦。抱歉，抱歉。」

說完，猴子在樹上做了一個鬼臉，又說：

「你想要的話，上來跟我拿啊。笑你爬不上來啦，耶——耶——」

說著，他又拍了三次他的紅屁股。

就算被耍著玩，水母還是束手無策，只好哭喪著一張臉，失望地回龍宮去了。

回到龍宮後，以龍王為首的眾人都引頸期盼，

「猴子怎麼了？怎麼了？活肝怎麼了？怎麼了？」

眾人將水母團團圍住，急著問牠。

水母實在無能為力，只好說出好不容易把猴子騙出來，卻反而被牠所騙，被牠逃走的事情。這下輪到龍王氣得滿臉通紅。

「你這個笨蛋！白痴！傻瓜！眾臣聽命，用力踩牠，一直踩、一直踩，踩到這傢伙沒有骨頭為止。」

於是，鯛魚、比目魚、鰈魚、角仔魚等眾魚群們蜂擁而上，抓住正要逃跑的水母，把牠困在中央，異口同聲地說：

「你這個大嘴巴。冒失鬼。大笨蛋。」

胡亂將牠踩了一通，最後，水母身體裡的骨頭終於變得軟趴趴了，成了現在我們看到的那樣，沒有眼睛也沒有鼻子，扁平一片又沒有骨頭的水母了。

老鼠嫁女兒

「風先生、風先生，您是世界上最偉大的人。請您娶我的女兒吧。」

「我很感謝你的心意，不過，在這個世界上，有比我更偉大的人哦。」

爸爸嚇了一跳。

很久很久以前，有一戶人家的倉庫裡，住著一隻有米、有麥、有小米、有豆子，過著優渥生活的老鼠富翁。

因為牠沒有孩子，所以牠向神明許願，總算生下一個女兒。這孩子很快就長大了，出落得美麗動人，是整座老鼠國之中，無人能望其項背，日本第一的好女孩。

如此一來，放眼所有的老鼠同伴，實在是找不到能與女兒匹配的男性。老鼠爸爸跟媽媽說：

「我們家的女兒是日本第一的女兒，一定要嫁給日本第一的女婿才行。」

於是牠們開始思考，誰是這個世界上最偉大的人呢？除了高高掛在天空中，為全世界帶來光明的太陽公公，再無其他了。於是，爸爸與媽媽帶著女兒，爬到天上去了。牠對太陽公公說：

「太陽公公、太陽公公，您是世界上最偉大的人。請您娶我的女兒吧。」

說完，客氣地向太陽公公鞠躬。

於是，太陽公公微笑地說：

「我很感謝你的心意，不過，在這個世界上，有比我更偉大的人哦。」
爸爸嚇了一跳。
「什麼，竟然有比您更偉大的人嗎？請問是誰呢？」
「是白雲。不管我在空中多麼努力發光，只要雲一出來，我就沒辦法照亮大地了。」
「原來如此。」
於是，爸爸這次去找白雲。
「白雲先生、白雲先生，您是世界上最偉大的人。請您娶我的女兒吧。」
「我很感謝你的心意，不過，在這個世界上，有比我更偉大的人哦。」
爸爸嚇了一跳。
「什麼，竟然有比您更偉大的人嗎？請問是誰呢？」
「是風哦。只要風一吹，我就束手無策了。」
「原來如此。」
於是，爸爸這次去找風。

「風先生、風先生，您是世界上最偉大的人。請您娶我的女兒吧。」
「我很感謝你的心意，不過，在這個世界上，有比我更偉大的人哦。」
爸爸嚇了一跳。
「什麼，竟然有比您更偉大的人嗎？請問是誰呢？」
「是牆壁。憑我的力量，怎麼也沒辦法把牆壁吹走哦。」
「原來如此。」
這下子爸爸緩緩來到牆壁旁。
「牆壁先生、牆壁先生，您是世界上最偉大的人。請您娶我的女兒吧。」
「我很感謝你的心意，不過，在這個世界上，有比我更偉大的人哦。」
爸爸嚇了一跳。
「什麼，竟然有比您更偉大的人嗎？請問是誰呢？」
「那可不是別人，就是老鼠先生啊。就算我板起一張臉，努力挺著堅硬的身體，老鼠先生仍然輕而易舉地把我的身體咬碎，鑽洞來去自如呢。所以我怎麼也比不上老鼠先生哦。」

「原來如此。」

這下子，老鼠爸爸似乎終於發自內心感到敬佩，拍了拍手，

「我怎麼都沒發現呢？我們就是世界上最偉大的人嘛。太好了。太好了。」

牠滿臉微笑，得意洋洋地回家了。回家之後，他馬上將女兒許配給隔壁的老鼠啾助。

年輕的新郎與新娘相處融洽，也很孝順爸爸與媽媽。牠們還生下許多小孩，倉庫的老鼠一定也就愈來愈興旺了。

貓草紙

去鄉下當野老鼠，啃樹根或小米殼過活，肯定輕鬆多了，不過，經歷了在京都嚐遍各種美食的享福好日子，眾老鼠都無法下定決心離開。

一

很久很久以前，京都街頭鼠滿為患，大家都很困擾。牠們不僅偷走廚房或櫥櫃裡的食物，還啃壞木頭拉門、在衣櫥鑽洞、咬破衣服，不分晝夜，都在天花板上或客廳角落四處亂竄，做盡了各種可惡的惡作劇。

後來，人們實在是受不了了，有一次，主公張貼了一份告示，要求所有養貓的飼主都把綁住貓脖子的牽繩放掉，把牠們放出去，不遵命的人將會受到懲罰。在告示張貼之前，每戶人家的貓都綁著牽繩，養在家裡，吃著灑了柴魚片的白飯，寵愛有加。因此，貓無法自由奔跑，也不會捉老鼠，才會讓老鼠肆無忌憚，橫行到這種地步。

不過，既然已經張貼了告示，解開了貓的牽繩，各個人家的三花貓、黑白貓、黑貓、白貓都能自由來去，牠們非常高興，同時也是出於興趣，在京都的大街小巷到處奔跑。不管走到哪裡，都能看到許許多多的貓，這個世界儼然成了貓的世界。

這樣一來，自然削弱了老鼠的勢力。直到昨天以前，還一副世界在牠們手中的德性，隨心所欲地做牠們想做的事，如今只能整天躲在洞裡，如果稍微把頭探出去，立刻就會被在外面守候的貓捉走。夜裡，到流理台下方或是廚房角落獵食的時候，要是一個不小心，讓眼睛在黑暗中閃耀著，不曉得會遭遇什麼樣的下場。

二

「再這樣下去可不成。除了餓死，我們沒有別條路了。我們必須趁現在，好好商量怎麼對付貓。」因此，某天晚上，老鼠群們全都在寺院正殿的簷廊下集合，召開會議。

這時，年紀最長的芝麻鹽老鼠獨自站在高一層的階梯上，

「各位，這個世界愈來愈無情啦。原本，貓只要吃盛放在鮑魚殼裡的柴魚飯或湯汁飯就能過活了，為什麼非得要吃我們呢？如果我們繼續坐視不管，很快地，我們老鼠就要在這個世界絕種了。我們該怎麼辦呢？」

於是，有一隻活潑好動的年輕老鼠站起來，說：

「不要怕，我們趁貓睡著的時候，咬斷牠們的咽喉吧。」

眾老鼠都露出「贊成」的表情，卻沒有人願意毛遂自薦。

這時，又有一隻駝著背，坐沒坐相的老鼠，幽幽地說：

「雖然你這麼說，我們可打不過貓啊。不如乾脆放棄，去鄉下當個野老鼠，輕鬆愉快地過日子吧。」

去鄉下當野老鼠，啃樹根或小米殼過活，肯定輕鬆多了，不過，經歷了在京都嚐遍各種美食的享福好日子，眾老鼠都無法下定決心離開。

最後，一隻看似明辨事理的白髮老鼠站起來。以穩重的口氣說：

「看來，最好的法子就是再次拜託人類，請他們把貓綁起來吧。」

於是，眾老鼠異口同聲地說：

「沒錯。沒錯。只有這招了。」

後來，老鼠們選出芝麻鹽老鼠議長當代表，請牠去找這座寺院的和尚，拜託和尚再次把貓綁起來。芝麻鹽老鼠立刻爬上正殿，悄悄潛進和尚的房間，說：

「和尚大人、和尚大人，我想拜託您一件事。」

和尚嚇了一跳，瞪大了眼睛，

「哦，我還以為是誰呢，原來是老鼠啊。你想要我幫你做什麼？」
「是的，相信和尚大人您也明白，這陣子，主公一聲令下，將全京都的貓都放養了，我們這些沒有過錯的老鼠們，日日夜夜都在貓銳利的爪子下喪送了性命，不知道有多少老鼠死傷。我們只能整天待在沒有食物的洞穴裡，餓著肚子死去，或是去外面成為貓的食物，除此之外，再也沒有其他法子了。和尚大人，請您大發慈悲，向主公請願，再次把貓關進家裡吧。我今天就是前來向您請求這件事。」
老鼠說完，還有模有樣地雙手合十，向和尚拜託。
和尚考慮了一會兒，
「原來如此，聽起來，你們好像很可憐，不過，你們也做了各種壞事啊。要是你們撿一些人們扔掉的東西，還是不小心掉在地上的東西來吃，倒是無所謂，不過，你們之前可是不分晝夜，在人家的家裡跑來跑去、偷東西吃、咬破衣服，到處搗蛋，如今受到貓的威脅，才來哭訴，我認為你們是自作自受，我實在幫不上忙。」
芝麻鹽老鼠聽了這段話，只覺十分沮喪，垂頭喪氣地回去了。

牠回到原本的簷廊下，年長老鼠、年輕老鼠、大老鼠、小老鼠，全都維持剛才的姿勢，伸長了脖子，豎起鬍鬚，迫不及待地等著芝麻鹽老鼠回來。不過，芝麻鹽老鼠有氣無力地說了牠與和尚見面，請求遭到拒絕的事，眾老鼠也萬分失志，又你一言我一語地，討論起沒有結論的內容。天色很快地亮了，這麼多老鼠聚在一起，若是被貓發現可就糟了，

「我看這樣吧，明天晚上，我們再去找和尚一次，大家一起拜託他吧。」

最後只敲定這件事，大家又互相道別，偷偷摸摸地回到各自的洞穴去了。

三

這時，老鼠去拜託和尚一事，很快就傳到貓的陣營，「我們可不能坐視不管。」於是，眾貓群聚在郊外的草原，開始討論。

這時，當中最年長的白貓站在比較高的石頭上，

「各位，據我所知，我們這次被人類放養，讓老鼠感到十分困擾，昨天夜裡，牠們

去找寺院的和尚，拜託他把我們再次綁起來。實在是太不像話了，早在遠古以前，神明就已經認定老鼠是貓的食物。再加上那些老鼠胡作非為，給人類找了許多麻煩，都是一些壞蛋。要是和尚聽了老鼠的訴求，好不容易才重獲自由，又要像過去那樣，過著不白由的生活，那可就麻煩了。我們必須立刻去找和尚，請他不可以聽從老鼠的訴求。」

聽完，眾貓異口同聲地說：

「贊成、贊成。請小白叔叔立刻去找和尚吧。」

於是，小白便代表眾貓，前往和尚的住處，說：

「和尚大人，我聽說昨夜老鼠來找您，說了不少我們的壞話呢。牠們都在胡說八道。老鼠這種生物啊，對人類來說就像是小偷，要是對牠們網開一面，只會助長牠們的橫行霸道。若是您聽了老鼠的請求，我們又要被綁起來了，可說是正中牠們的下懷，今後不知道還會做出多少搗蛋的事呢。我們貓可不一樣，我們可是天竺國[1]老虎

譯註1　印度的古稱。

的子孫，因為日本是一個又小又親切的國家，所以我們在這個國家定居的時候，才會變成現在這種又小又親切的動物。不過，一旦惹火我們，我們可能會恢復老虎的本性，天不怕地不怕。幸好，這次主公貼出公告，將我們放養，我們打算從老鼠開始，打倒各種與人類為敵的生物。」

和尚笑瞇瞇地聽完貓帶著幾分傲慢的說法，說：

「嗯，嗯，你說得沒錯。所以我沒答應老鼠，讓牠回去了，請你放心吧。」

於是，貓更得意了，搖著尾巴，來到眾貓伸長了脖子等待的地方，說：

「各位，沒事了，和尚已經答應了。」

於是，眾貓異口同聲地說：

「萬歲！萬歲！這下總算能放心了。」

大家手牽著手，一起唱著民謠《貓貓》，跳起舞來。

這件事又傳進了老鼠耳裡。

「可惡的貓，好像去拜託和尚了。」

「和尚好像答應貓，絕對不會同意老鼠的請求。」

「還得意地說了什麼貓是天竺國老虎的子孫，來幫人類打倒世上的邪惡生物。」

眾老鼠們議論紛紛，再度在寺院的簷廊下召開會議。不過，牠們還是想不出什麼更好的辦法。

「看來，再去拜託和尚這招也沒有用了，今天晚上，大家就別一起去找和尚了吧。趁天還沒亮，我們離開京都，去鄉下吧。」

雖然沒有人提起，不過年紀較長的老鼠群們似乎已經討論好，大家匆忙地準備連夜逃跑。

然而，年輕有為的老鼠群只覺得十分憤慨。

「請大家稍安勿躁。我們根本還不曾戰鬥，就這麼乾脆地把京都交給敵人，逃到鄉下，大家不覺得丟臉嗎？就算我們保全自己的性命，以後只會遭到其他動物的嘲笑，在別人面前再也抬不起頭了。與其要臉上無光，倒不如撇去成敗，跟貓決一死戰，要是贏了，在這世上，我們再也無所畏懼，不管是天花板上方、廚房，還是牆壁的角落，整個天下都成了我們的囊中物；要是輸了，我們就勇敢地共赴黃泉吧。」

說著，牠們又憤慨地咬牙切齒。

由於他們的氣勢太勇猛了，其他懦弱的老鼠群們也跟著群情激昂，

「沒錯，好主意，好主意。」

「哼，貓算什麼東西，我才不怕呢。」

這時牠們突然又重振士氣，同時積極備戰。

這時，貓也迅速接獲此一消息。

「哼，區區鼠輩，竟然不知天高地厚。」

「好，你們放馬過來吧。我們會一口氣把你們吃乾抹淨。」

牠們也緊急磨利爪子，擦亮牙齒，準備奪得勝利，迫不及待地說：

「這下好玩了。這下好玩了。老鼠啊，儘管放馬過來吧。」

四

老鼠終於做好決戰的準備，集合在一處，老鼠大軍們包括老鼠父母、老鼠子女、老鼠老公公與老鼠老婆婆、老鼠大叔與老鼠大嬸、老鼠女婿與老鼠媳婦、老鼠孫子、老鼠曾孫、老鼠玄孫，幾千、幾萬隻老鼠總動員，聲勢浩大地攻向貓領地——小巷旁的平原。

貓群則是抱著「恭迎大駕」的心情，三花貓、橘貓、黑貓、白貓、花貓、虎斑貓、甚至是小偷貓與野貓，一族全都磨好了牙趕赴戰場。

雙方各據東西兩方，互相瞪視，伺機而動，隨時都要撲上去互咬了，這時，寺院的和尚聽到消息，突如其來地現身，前來仲裁。和尚站在貓大軍與老鼠大軍的正中央，張開了雙手，說：

「欸，你們等等。」

勇猛的貓大軍與老鼠大軍，都冷靜下來，看著和尚。

和尚先對老鼠大軍說：

「喂喂喂，不管你們多麼拚命，都打不過貓。你們只會被貓啃食殆盡，化為這片平原的一抔土。我不忍心看到這種下場。不如你們從今以後洗心革面，安分守己，只撿拾人類扔掉的食物殘渣，或是從袋子裡漏出來的白米或豆子，靠此維生，不知你們意下如何？只要你們從此不再做那些讓人類困擾的惡作劇，我會告訴貓，讓牠們從此不再捉你們。」

語畢，老鼠群們非常高興，說：

「我們再也不會做壞事了，請您告訴貓，叫牠別再捉我們吧。」

和尚再三提點，

「乖，不過，如果你們又開始搗蛋，我會馬上告訴貓，可以吧？」

老鼠群也乾脆地回答：

「好的，好的。沒問題。」

於是，和尚轉身，這次對著貓說：

「喂喂，你們也聽到老鼠說的話了吧，這次就乖乖收手，今後別再欺負老鼠了。

不過，如果老鼠再次搗蛋，一旦被你們發現，當場殺掉也沒關係。怎麼樣？這個條件如何？」

「沒問題。只要老鼠不搗蛋，我們也會乖乖的，吃飽魚、柴魚片的白飯與湯飯過日子。」

當貓群異口同聲地說完，和尚似乎覺得十分滿意，微笑地說：

「這下我總算放心了。老鼠打不過貓，貓也打不贏狗。強中自有強中手，就算在這場大戰之中，有一方勝出了，也不代表在這世界全無敵手，不受任何限制。但願你們各自安於自己與生俱來的身分，獸與獸類、鳥與鳥類、人與人類，都能融洽相處，這樣再好不過了。要是你們明白這個道理，好了，大家乖乖散了，回家了。」

「非常感謝您。我們再也不會攻擊無辜的老鼠了。」

「沒錯。我們也不會搶奪別人的東西了。」

貓與老鼠同聲說著，向和尚行禮，各自回家了。

文福茶鍋

正當和尚還搞不清怎麼回事，茶鍋長出貍貓的頭、四隻腳，還有大大的尾巴，慢條斯理地在房間裡走來走去，和尚叫了句：「哇！」忍不住跳起來。

一

從前，在上野國[1]館林，有一座茂林寺。這座寺院的和尚非常喜歡品茶，蒐集了各種稀奇的品茶道具，每天把玩這些道具，成了他的樂趣。

有一天，和尚到城裡辦事，回程經過一間道具店，找到一只外形好看的茶鍋。和尚立刻把它買下來，帶回家，裝飾在自己的房間裡。

「你看看，這只茶鍋很好看吧？」

他總會向每一個人展示與炫耀。

一天晚上，和尚一如往常地將茶鍋擺在起居室裡，昏昏沉沉地在一旁打盹。後來，他竟然真的睡著了。

和尚的房間實在太安靜了，小和尚們正在想發生了什麼事，悄悄從紙拉門的縫隙往裡窺探。原本安放在和尚身旁的墊子上的茶鍋，竟然上上下下地動了起來。「欸？」正當他們覺得不對勁，茶鍋竟然冒出一顆頭，蹦出粗壯的尾巴，長出四隻腳，不久，在房間裡慢吞吞地走著。

小和尚們嚇了一跳，衝進房間裡，

「喂，不好啦。茶鍋是一隻妖怪。」

「和尚大人、和尚大人。茶鍋會走路！」

他們各自瘋狂大叫，吵吵嚷嚷。這個聲音把和尚吵醒了，他揉著眼睛說：

「吵死啦，你們在吵什麼？」

「和尚大人，您快看啊。您看，茶鍋會走路耶。」

大家又紛紛說起這件事，和尚也望向小和尚所指的方向，茶鍋已經沒有頭、腳跟尾巴了。又變回原本的茶鍋，不知何時又回到原本的墊子上，乖乖坐好。和尚生氣了，

「搞什麼。說謊也要打打草稿啊。」

「可是很奇怪耶。它剛剛真的在走路。」

說著，小和尚們也覺得很不可思議，湊上前敲打茶鍋。茶鍋發出「鏘」的聲響。

譯註1　日本古代的令制國之一，相當於現在的群馬縣。

「看吧。這只是一個平凡的茶鍋。別說傻話了，我好不容易才睡著，又被你們吵醒了。」

小和尚們被和尚狠狠地訓了一頓，失望地嘴裡唸唸有詞，退下了。

第二天，和尚說：

「難得買了茶鍋，放著欣賞也很無聊。今天來試用看看吧。」

他在茶鍋裡盛水。沒想到這只小小的茶鍋，竟然喝了整整一桶的水。

和尚也覺得有點「不對勁」，不過茶鍋並無其他異狀，所以他放心地繼續添水，放到火爐上。過了一會兒，待屁股燒燙之後，茶鍋突然說了句「好燙」，跑到火爐外。正當和尚還搞不清怎麼回事，茶鍋長出狸貓的頭、四隻腳，還有大大的尾巴，慢條斯理地在房間裡走來走去，和尚叫了句：「哇！」忍不住跳起來。

「不好啦，不好啦。茶鍋變成妖怪啦。來人啊。」

和尚嚇了一跳，高聲呼救，小和尚則心想「快上吧」，綁著頭巾，拿著掃把或撢子進來。不過，那時茶鍋已經變回原狀，乖乖坐在墊子上了。敲打它的話，又發出

「鏘鏘」的聲響。

和尚又露出驚訝的表情，心想，

「本來以為我這回買到好茶鍋了，沒想到卻惹了一個大麻煩。該怎麼辦才好？」

門外傳來「收破爛、收破爛。」的聲響。

「收破爛的來得正好。這種茶鍋，還是賣給收破爛的吧。」

說著，和尚馬上叫住收破爛的。

收破爛的人拿起和尚端出來的茶鍋，摸一摸又敲一敲，還把底翻過來瞧一瞧，說：

「這是個好東西。」

便買下茶鍋，放進裝破爛的簍子裡帶走了。

二

收破爛的買下茶鍋之後，即便回到家裡，仍然滿臉笑意，自言自語地說：

「這可是最近難得一見的好貨啊。我一定要想個辦法，找到對道具有興趣的有錢人，賣一個好價錢才行。」

當天夜裡，他愛惜有加地將茶鍋放在枕邊，陷入熟睡之中。沒想到才剛過午夜，某處傳來喊叫聲。

「喂，收破爛的、收破爛的。」

他睜開眼睛，看到剛才的茶鍋，已經在不知不覺中冒出毛絨絨的頭跟粗尾巴，拘謹地坐在他的枕邊。收破爛的吃驚地跳起來。

「呀，不好啦。茶鍋是妖怪。」

「收破爛的，別那麼害怕嘛。」

「我怎麼可能不害怕？茶鍋長了毛，還會走路，任誰看了都會嚇一跳吧。你到底是什麼東西？」

「我叫做文福茶鍋，其實是狸貓化身的茶鍋哦。老實說，有一天，我去平原玩的時候，被五、六個男人追趕，不得已只好變身為茶鍋，躺在草叢裡，沒想到又被那群男人找到，說：『茶鍋耶、茶鍋耶，撿到好貨了。把它賣掉，大家去吃一頓好料的吧。』後來，我就被賣到舊道具店，擺在店門口，害我動彈不得。而且我什麼都沒吃，都快要餓死啦，這時候，剛好被寺院的和尚買走了。到了寺院，我好不容易才得到一桶水，一口氣喝個精光，正想要喘口氣，沒想到突然被放在火爐上，火燒屁股把我嚇了一大跳。那種地方，我真是受夠了。我看你像個善良又親切的人，可以請你收留我，養我一陣子嗎？我一定會報答你的。」

「嗯、嗯，把你留下來倒是不難。不過，你打算怎麼報答我呢？」

「嘿。我可以表演雜耍，讓觀眾看各種有趣的表演，讓你賺大錢哦。」

「哦？你會什麼表演呢？」

「我想想，目前可以表演走鋼索特技，再加上熱鬧有趣的文福茶鍋舞蹈吧。你別再收破爛了，當個雜耍師吧。從明天開始就能賺大錢啦。」

收破爛的聽得十分起勁。於是，他聽從茶鍋的建議，不再收破爛了。

第二天一大早，收破爛的馬上做好雜耍師的準備。他先在城裡的鬧區開了一家雜耍劇場，掛上畫著文福茶鍋走鋼索、跳舞的大看板，自己身兼主持人、收費員跟旁白。

坐在出入口大聲喊：

「來哦、來哦，無人不知、無人不曉的文福茶鍋長毛了、長出手腳了，還會走鋼索特技，加上熱鬧有趣的舞蹈，這麼新奇的表演，走過路過，不要錯過。」

路上的人們被這不可思議的看板跟有趣的旁白吸引，陸續擠進雜耍劇場，一下子就客滿了。

隨後，梆子聲響起，布幕升起，文福茶鍋慢條斯理地從後台走出來，先向大家行禮致意。仔細一瞧，那是一個難以想像的，長著手腳的大茶鍋妖怪，觀眾全都瞪大了雙眼，忍不住發出「啊」的驚呼。

光是這樣就夠不可思議了，那個茶鍋妖怪一手撐著傘，一手展開扇子，兩腳踩在鋼索上。牠輕巧地平衡著沉重的身軀，順利完成走鋼索的表演，觀眾愈來愈佩服，劇場爆出喝采。

後來，文福茶鍋又表演其他不一樣的特技，觀眾非常開心，都說：

「這輩子第一次看到這麼有趣的表演。」

便陸陸續續散場了。後來，文福茶鍋愈來愈紅，附近的人就別說了，甚至有人專程從遠方趕過來欣賞，每天每夜都是高朋滿座，很快地，收破爛的就變成大富翁了。

於是，收破爛的心想，「都是靠文福茶鍋的關係，總不可能永遠一直賺下去，差不多該收手了。」第二天，他叫來文福茶鍋，對牠說：

「這陣子，你拚命地工作，拜你之賜，讓我賺了很多錢。雖然人的欲望無止無境，貪心可不是一件好事，你的表演就到今天為止吧，我打算把你安置在之前的茂林寺。這次，我會拜託和尚，請他別把你當成一般的茶鍋，放到火爐上燒，把你當成寺院裡的珍寶，放在錦緞的墊子上，過著安享天年的退休生活吧，你覺得如何？」

文福茶鍋說：

「好的。我也累了，差不多該休息一陣子了。」

於是，收破爛的帶著文福茶鍋，以及劇場賺到的半數金額，帶到茂林寺，交給和尚。

和尚說：

「哦哦，你真是一個厚道之人。」

收下了茶鍋與那筆錢。

也許是太累了，文福茶鍋就此沉睡，後來，再也不曾冒出手腳來跳舞，成了這座寺院的寶物，一直留傳至今。

金太郎

不服輸的兔子抓住他的腳，猴子則掐住他的脖子，大鬧一番。這時鹿推著他的腰部，熊揪住他的胸口，大家一起用力，想要打倒金太郎，不過，怎麼也沒辦法把他打倒。

一

從前，有一個名叫金太郎的強壯孩子。他生於相模國[1]足柄山的深山裡，跟媽媽山姥姥一起生活。

打從出生的時候起，金太郎就有過人的力量，到了七、八歲，已經能輕易舉起石臼或裝著粗糠的米袋。跟一般的大人相撲，幾乎也不分勝負。等到附近再也沒有他的對手，金太郎覺得非常無聊，整天都在森林裡奔跑。他帶著媽媽給他的大斧頭，走在路上總是任意砍倒大杉樹與大松樹，仿傚樵夫，以此為樂。

有一天，他走進森林深處的更深處，一如往常地想砍倒大樹，這時一頭大熊緩慢地走出來。熊目光閃爍地說：

「是誰在我的森林搗亂？」

說完便撲了過來。金太郎說：

「區區一隻熊，神氣什麼？不認識我金太郎嗎？」

說話的同時將斧頭扔到一旁，一下子就把熊抓住。接著用腿掃牠的下盤，將牠扔到地上。熊被制服了，舉起雙手道歉，成為金太郎的家臣。看到相當於森林大將的熊成為金太郎的家臣，兔子、猴子、鹿也都陸續追隨金太郎，說：

「金太郎先生，請讓我們當你的家臣吧。」

金太郎點頭同意，「好，好。」讓大家成為他的家臣。

後來，金太郎每天早上都會請媽媽為他準備許多飯糰，帶到森林裡。金太郎總是吹著口哨，呼喊：

「大家過來吧。大家過來吧。」

以熊為首的鹿、猴子、兔子都會慢慢地走過來。金太郎總是帶著這群家臣，整天在山裡漫步。某一天，他們走遍各處，來到一個長著柔軟草皮的地方，太家都光著腳，躺在草皮上滾來滾去。舒服地曬著太陽。金太郎說：

「大家來玩相撲吧。獎賞是這顆飯糰哦。」

譯註1 日本古代的令制國之一，相當於如今的神奈川縣。

熊用胖嘟嘟的手挖掘地面，打造了一座土俵[2]。

首先，由猴子與兔子交手，鹿擔任裁判。兔子抓住猴子的屁巴，想要把牠扔到土俵之外，猴子則不服輸，胡亂抓住兔子的長耳朵，用力拉扯，兔子痛得忍不住鬆手。這下子分不出勝負，於是雙方都領到獎賞。

接下來則由兔子擔任裁判，鹿與熊對決，鹿很快就用牠的角把熊翻倒。金太郎拍手說：

「有趣、有趣。」

最後終於輪到金太郎站到土俵的正中央，張開了雙手說：

「來，你們一起上吧。」

於是，兔子、猴子、鹿，最後連熊都上場，不過他們都是一個一個上場，再一個一個被打敗。

金太郎說：

「哼。你們這些膽小鬼。你們全部一起上啊。」

不服輸的兔子抓住他的腳，猴子則掐住他的脖子，大鬧一番。這時鹿推著他的腰部，熊揪住他的胸口，大家一起用力，想要打倒金太郎，不過，怎麼也沒辦法把他打倒。最後，金太郎等不及了，用力抖了抖身體，便一口氣把兔子、猴子、鹿、熊都抖下來，全都滾到土俵外了。

大家異口同聲地說：

「啊、好痛啊。啊、好痛啊。」

撫著自己的腰、揉著肩膀。

金太郎說：

「輸給我真是可憐，賞你們吃吧。」

叫兔子、猴子、鹿、熊圍成一圈，自己坐在正中間，將飯糰分給大家，一起享用。

過了一會兒，金太郎說：

譯註2 相撲比賽用的圓形擂台。

「啊，真好吃。該回家啦。」

又帶著大家回家了。

二

回程的路上，他們也在森林裡賽跑、在大石頭上玩捉迷藏，邊玩邊走，他們來到一座大溪谷旁。水聲隆隆，流速洶湧，卻沒有橋可以通行。大家說：

「怎麼辦？我們回頭吧。」

只有金太郎毫不在乎地說：

「不要緊。」

他環顧四周，河岸旁正好有一棵樹圍約兩人環抱的大杉樹。金太郎將斧頭扔在一旁，雙手猛力推大樹。用力推了兩、三次，便發出劈哩啪啦的巨響，樹碰地一聲倒在河上，剛好成了一座堅固的橋樑。金太郎再次扛起大斧頭，領在前頭過河。眾人面面相覷，紛紛低聲討論：

「力氣好大啊。」
跟在他的後頭。
這時，一名樵夫正好躲在對岸的岩石上，目睹了一切。看到金太郎竟然輕輕鬆鬆就推倒大樹，瞪大了雙眼，自言自語說：
「真是個神奇的孩子。不知道是誰家的小孩呢？」
他站起來，偷偷跟在金太郎後方。跟兔子、熊告別之後，金太郎又獨自一人，動作輕盈地走過溪谷，越過山崖，走進山林深處的小屋裡。一陣白雲從屋裡湧出來。
樵夫可是攀著樹根、抓著石角，才能跟上他的腳步。好不容易來到屋子前，樵夫悄悄窺探屋裡的情況，
金太郎坐在火爐前，拚命地對媽媽，也就是山姥姥說跟熊與鹿相撲的事。媽媽似乎覺得非常有趣，笑瞇瞇地聽著。這時，樵夫突然把頭從窗戶伸進去，說：
「喂、喂，小男孩。來跟叔叔比賽相撲吧。」
說完，好整以暇地走進屋裡。他突然把體毛濃密的手伸到金太郎面前。山姥姥叫

了一聲「欸」，露出不可思議的表情，金太郎則覺得有趣，

「好啊，來比吧。」

他立刻伸出圓潤可愛的小胖手。於是，兩人面紅耳赤地用力互推。不久，樵夫突然說：

「停止吧。我們分不出勝負。」

把手收回來。於是，他鄭重地坐好，對山姥姥客氣地行禮致意，說：

「您好，抱歉，突然登門叨擾。老實說，我剛才看到小朋友推倒溪谷旁的大杉樹，嚇了一跳，才會跟到這裡來。剛才又跟他相撲，我很驚訝他的力氣竟然這麼大。這孩子一定會成為了不起的勇士哦。」

接著又對金太郎說：

「小朋友，你要不要去京都當武士呢？」

金太郎的眼睛滴溜溜地轉了一會兒，說：

「哦，當武士好像不錯。」

這名樵夫打扮的人，其實是碓井貞光[3]，這時是日本最了不起的大將，遠近馳名的源賴光的家臣。碓井貞光受到主公之命，前來尋找強大的武士，才會走遍全日本，尋找人才。

山姥姥聽了這件事，喜形於色，非常高興地說：

「老實說，這孩子已經過世的父親，也是一名擁有坂田姓氏的偉大武士。因為種種因素，我們在山裡隱姓埋名，只要有好的機會，我也希望這孩子能去京都當武士，繼承家名。不過，相信您也看到了，他是個淘氣的孩子，還請您多多照顧了。」

金太郎在一旁聽了兩人的對話，說：

「好高興啊，好高興啊。我要當武士了。」

說完還手舞足蹈。

後來，聽說金太郎要被碓井貞光帶去京都，熊、鹿、猴子跟兔子，都一起來向他

譯註3 九五四？—一〇二一年，平安中期的武將。

道別。金太郎輪流摸了大家的頭，說：

「大家一起玩，別吵架哦。」

大家說：

「金太郎先生離開了，我們都會想你的。請快點成為大將，再回來見我們吧。」

說完便依依不捨地回家了。金太郎向母親正座鞠躬，說：

「媽媽，我出發了。」

隨後便一臉得意地跟在貞光後頭離開了。

後來，不知道過了幾天，貞光帶著金太郎回到京都。又前往賴光家，讓賴光接見金太郎。

「我在足柄山的深山裡，找到這個孩子。」

賴光說：

「哦，這麼強的孩子還真少見呢。」

說著，摸摸金太郎的頭。

「不過，金太郎這個名子，不適合當做武士的名字。如果你的父親叫做坂田，從現在起，你就叫做坂田金時吧。」

於是，金太郎便自稱坂田金時，成為賴光的家臣。長大成人之後，他也成為了不起的武士，跟渡邊綱[4]、卜部季武[5]、碓井貞光等人，並稱為賴光四天王。

譯註4 九五三—一〇二五。平安中期的武將。相傳他曾經擊退大江山的酒呑童子。

譯註5 九五六？—一〇二二？。又名坂上季猛、平季猛。

輯二

文藝童話、諸國童話

摘瘤爺爺

等他們消失後，老爺爺輕輕撫摸自己的臉頰。沒想到長年來一直都很礙事的大瘤，已經徹底消失了，像是被什麼東西抹乾淨一般，光滑無比。

一

很久很久以前，有一個地方，有一個老爺爺。他的右臉頰掛著一顆巨大的瘤，看起來十分礙事。

有一天，老爺爺上山去砍柴。想不到突然刮起一陣暴風，閃電飛光，雷聲隆隆。不久，下起一場豪雨，沒辦法回家了。他心想，該怎麼辦才好，環顧四周，發現附近有一個大樹洞。因為別無他法，只好躲進樹洞裡，等待雨勢轉小，不知不覺中，天色已經完全轉暗了。

深山之中，再也聽不見樵夫伐木的聲音。樹洞之外一片漆黑，只聽見猛烈的暴風呼嘯聲。

老爺爺開始覺得害怕，怕得不得了，整夜都不敢闔眼，縮在樹洞裡。

到了深夜，雨勢逐漸轉小，暴風也終於止息了，從遙遠的山上，傳來一陣吵吵鬧鬧的聲音，逐漸來到山下。

如今，老爺爺形單影隻，非常寂寞，聽見聲音後，他覺得自己似乎又活過來了。

他說：

「啊，有伴真是太好了。」

他悄悄從樹洞裡探出頭來窺視，這下該怎麼辦才好？來者可不是人類，而是幾十個不可思議的怪物，陸陸續續地走過來。有穿著藍衣服的赤鬼。也有穿著紅衣服的黑鬼。帶頭的還是一個像山貓眼睛一般閃爍的燈籠，一行人熱熱鬧鬧地走下山。

老爺爺嚇得魂飛魄散，又把頭縮進樹洞裡。他不停地發抖，縮成一團，摒住氣息。不久，眾鬼來到老爺爺所在的樹洞前，吵吵鬧鬧地站在原地。老爺爺心想「唉呀唉呀。」把身子縮得愈來愈小，後來，一個看似頭目的鬼，坐在正中間其他的鬼則分別一字排開，站在左右兩旁。仔細一瞧，有的只有一隻眼睛，有的沒有嘴巴，還有的缺了鼻子，每一隻鬼都長得難以形容的怪異模樣，各種怪物在一起玩著你推我擠的遊戲。

不久，他們開始喝起酒來，大家各自以陶器的酒杯盛酒、斟酒，像人類一般，開心地喝著酒。

隨著黃湯下肚，看似頭目的鬼喝得比其他鬼還醉，笑得非常開心。這時，一名坐在末席的年輕鬼站起來，將食物放在餐盤上，恭恭敬敬地端到頭目鬼的前方。嘴裡一直唸唸有詞，不知道在說什麼。頭目鬼左手拿著酒杯，開心地笑著聽他說話。那景象與一般人沒有什麼兩樣。

不久，頭目說：

「喂，有沒有人要唱歌啊？有沒有人要跳舞呢？」

說完便環顧四周。

這時，坐在頭目旁邊的鬼，突然大聲唱起歌來。剛才的年輕鬼從邊緣衝到前方，認真地跳了一段舞之後又退回去。後來，不同的鬼從末席輪流起身，同樣地跳舞表演。其中，跳得好的鬼贏得讚美，跳得不好的鬼則被眾人取笑。每次跳完一段舞，眾鬼都會拍手吆喝。

「好啊，好啊。」

這時，頭目鬼非常愉快地大笑，說：

「啊哈、啊啊。好玩，真好玩。還是第一次碰上今晚這種有趣的宴會。不過呢，有沒有人能跳一段更稀奇的舞來瞧瞧呢？」

從剛才開始，老爺爺就把自己縮在樹洞裡，還是出於想看恐怖事物的心理，伸長了脖子，窺探外面的情況。老爺爺本來就是一個幽默的人，他很快就忘記害怕，在一旁觀賞，愉快地看著鬼跳舞。不久，他心癢難耐，聽見頭目鬼剛剛說的話，正想要衝出去跳一段舞。

不過，他又想，要是不小心衝了出去，被鬼一口吞下肚，那可就不妙了，於是他拚命忍耐，不久，聽見鬼開心地拍手、打拍子，他再也忍不住了，

「嘿，這下誰還忍得住呢？出去跳舞吧。要是被吃掉，那就算了。」

他做好心理建設，將樵夫的斧頭插在腰際，黑色禮帽蓋到鼻頭。說：「嗨，看我、看我。」

一下子跳到頭目鬼的面前。

因為事情實在是太突然了，鬼的驚嚇程度比老爺爺來得嚴重多了。

「幹嘛？幹嘛？」

「這不是人類的老頭嗎？」

說著，眾鬼們站了起來，一陣慌亂。

老爺爺非常冷靜，拚命的伸長了身體、縮起來、上下伸展、左右伸展、一下子往左、一下子往右、像松鼠般轉來轉去，活潑地到處跳，還發出喝醉酒一般的聲音，

「嗨，看我、看我。」

有趣地跳起舞來。

鬼群們也逐漸受到吸引，一起幫他打拍子，

「跳得好、跳得好。」

「好好跳啊。」

說著說著，爆出哄堂大笑，熱衷地欣賞老爺爺的舞蹈。

跳完舞之後，鬼頭目也相當佩服，對老爺爺說：

「我第一次看到這麼好笑的舞蹈。老頭，明天晚上再過來跳舞吧。」

老爺爺滿意地說：

「好、好，就算您沒開口，我也會來的。今天晚上太臨時了，沒能把舞練好，明天晚上之前，我會花時間好好複習。」

語畢，坐在頭目右邊第三個位置的鬼說：

「不行，雖然你現在這麼說，到時候你可能會偷懶，不想過來。為了讓你遵守約定，從你身上拿一個抵押品吧。」

頭目也同意，

「原來如此，這個主意不錯。」

「要拿什麼好呢？要拿走他身上的什麼東西呢？」

眾鬼們開始熱烈討論。

有鬼說：「拿走他的黑色禮帽。」

有鬼說：「拿走斧頭如何？」

頭目制止眾鬼的騷動，說：

「不好，最好的方法應該是拿走那個老頭臉頰上的瘤吧。瘤象徵福氣，一定是老頭最重要的東西。」

老爺爺心想：「太好了。」卻故意裝出驚訝的樣子，

「欸，您怎麼開出這種條件呢？您可以挖走我的眼珠、切下我的鼻子，唯獨不要拿走這顆瘤。這麼多年來，我都把這顆瘤當成寶貝，掛在臉頰上，是我非常非常重視的瘤，要是您把它拿走了，我真的不知道該怎麼辦才好。」

鬼頭目聽完之後，說：

「很好。他很珍惜那顆瘤。只要把它拿走就好了。」

手下的鬼立刻湊到老爺爺身邊，說：

「把它拿下來。」

啪嚓一聲把瘤扭了下來。不過，他一點也不覺得疼。

這時，正好天亮了，烏鴉嘎嘎叫著。

「呀，糟啦。」

鬼群們嚇了一跳，紛紛起身。

「明天晚上一定要過來，到時候再把瘤還給你。」

說著，大家匆匆忙忙地，消失地無影無蹤。

等他們消失後，老爺爺輕輕撫摸自己的臉頰。沒想到長年來一直都很礙事的人瘤，已經徹底消失了，像是被什麼東西抹乾淨一般，光滑無比。

「太感謝啦。真是不可思議。」

老爺爺高興得不得了，真想快點讓老婆婆看看，好讓她開心一下，他甩著頭，連忙衝回家。

老婆婆看到老爺爺的瘤已經不見蹤影，吃驚地問：

「欸，你的瘤上哪去啦？」

老爺爺說了來龍去脈，說是被鬼拿去拿抵押品了。

老婆婆瞪大了雙眼，說：

「唉呀、唉呀。」

二

隔壁同樣有一位左臉頰上長著一顆瘤的老爺爺。看到老爺爺的瘤不知何時不見了，覺得十分不可思議，羨慕地問道：

「老爺爺、老爺爺，你的瘤上哪去啦？是不是請醫術高明的醫生切掉了呢？請告訴我那個醫生住在哪裡。我也要去把瘤摘掉。」

老爺爺說：

「不是的，我的瘤不是請醫生切掉的。昨天夜裡，山裡的鬼幫我拿掉的。」這時，隔壁的老爺爺把身子往前傾，露出驚訝的表情，

「到底是怎麼回事呢？」

這時，老爺爺詳細地說了前因後果，跳了舞之後，被拿去當抵押品了。隔壁的老爺爺說：

「真是個好消息。我馬上去跳舞吧。老爺爺，請告訴我鬼出沒的地方吧。」

「當然，沒問題。」

老爺爺說著，告訴他詳細的路線。
老爺爺喜不自勝，急急忙忙地前往山上。接著，他躲到剛才聽說的樹洞裡，提心吊膽地等待鬼的來臨。
果然如他聽說的，到了半夜，數十位穿著藍衣服的赤鬼、穿著紅衣服的黑鬼，點著像貂的眼睛一般閃爍發亮的燈光，吵吵鬧鬧地來了。
不久，大家像昨夜一般，坐在樹洞的前方，熱熱鬧鬧地喝起酒來。
這時，頭目鬼說：
「我看看。昨天晚上的老頭還沒來嗎？」
手下的眾鬼也吵吵鬧鬧地說：
「喂，老頭，快點出來。」
隔壁的老爺爺聽說之後，心想「怎麼那麼多鬼」，心驚膽戰地從樹洞裡爬出來。
這時，一隻鬼很快就看見他，竟：
「嘿，他來啦，他來啦。」

頭目也非常高興，對他說：

「哦，來得正好。過來這邊，跳舞吧，跳舞吧。」

老爺爺大驚失色，害怕地站起來，用看起來非常笨拙的手勢，胡亂跳了一段舞。

頭目鬼一臉不高興，用帶著怒意的聲音說：

「你今天跳的這是什麼舞啊？有夠難看，看不下去啦。夠了。你滾吧、滾。喂，把昨天跟老頭拿的東西還他。」

這時，末座的年輕鬼取出代為保管的瘤，大叫說：

「嘿，還給你。」

說完便用力地黏到他沒長瘤的右邊臉頰上。

隔壁老爺爺大喊：

「啊。」

不過已經來不及了。兩邊的臉頰上掛著兩顆瘤，他只能大聲哭泣，下山去了。

一根稻草

這時，迎面又開來一輛載著女子的車子。這回來的是身分比前一位更高的人，似乎是偷偷出門參拜，帶著許多的武士及侍女同行。

一

從前，大和國[1]有一名貧窮的年輕人。他孤苦無依，上無父母下無子女，也沒有老婆，更沒有服侍的主公。年輕人擔心自己的情況，心想只能請求觀音菩薩了，於是，他來到一座名為長谷寺的大寺院的殿堂裡誠心祈求。

「再這樣下去，也許我會餓死在祢的面前吧。如果祢能幫助我，請託夢告訴我吧。在我夢見祢之前，我會一直待在這裡，直到死去為止。」

說著，男子趴伏在菩薩面前。一動也不動地過了好幾天。

寺院裡的和尚見了，嘟囔著碎唸：

「那個年輕人，每天只會趴在那裡，也不吃東西，要是不管他，讓他餓死了，只會弄髒了我們寺院。」

於是來到他身邊，問道：

「是誰派你來的？你都上哪裡吃飯？」

年輕人稍微睜開疲倦的眼睛，說：

「感謝關心，沒有人會收留我這種運氣差的人。如您所見，我已經好幾天都沒吃東西了。我只能祈求菩薩，不管是生是死，都希望我這副身軀能有一些貢獻。」

於是，和尚們討論過後，說：

「真頭大啊。也不能不管他。即便他說他在向菩薩祈願，我們還是應該給他食物吧。」

大家便輪流送飯給他吃。年輕人吃了飯，仍然在三七二十一天裡，趴伏在同一個地方，拚命地祈求。

他誠心地祈求了二十一天後，那天凌晨，年輕人在迷迷糊糊的時候，做了一個夢。從祀奉著菩薩的布幕後方，走出一名老爺爺。

「你這輩子的運氣之所以這麼差，全都是因為前世做了壞事，遭受的報應。你不反省，卻來向菩薩抱怨，這是不對的行為。不過，菩薩憐憫你，願意幫你一點忙。你

譯註1　日本古代的令制國之一，相當於現在的奈良縣。

趕快離開這裡吧。離開之後，撿起你第一個碰到的東西，不管那是多麼微不足道的東西，都要好好珍惜它。這樣一來，你的運氣就會大開了。好了，快點走吧。」

正要被驅趕的時候，他醒了過來。

年輕人慢吞吞地起身，一如往常地來到和尚的地方，討了食物吃下，立刻離開寺院了。

沒想到，他正要跨越寺院大門的時候，年輕人的腳絆了一下，往前趴倒。跌倒的時候，正好看到路上掉了一根稻草，他忍不住把它抓在手裡。

年輕人說：

「怎麼是稻草。」

正要把它扔掉的時候，他想起剛才的夢中提到「不管碰到什麼，好好帶著它」，他想這可能是菩薩送給他的，於是把玩著那根稻草，一直帶著它。

二

走了一陣子，不知打哪飛來一隻馬蠅，在他的臉旁邊嗡嗡嗡地不停飛舞，煞是惱人。年輕人折下一旁的樹枝，邊走邊趕，不過馬蠅還是一直嗡嗡嗡地纏著他不放，非常吵。年輕人忍不住了，終於把馬蠅抓住，用剛才的稻草綁住馬蠅的肚子，套在樹枝尖端，帶著牠走。馬蠅已經無路可逃，只能拍著翅膀，仍然嗡嗡嗡地飛著。

這時，迎面來了一位看似有點身分地位的女子，坐在牛車上，前往長谷寺參拜。車上還載著一名小男孩。男孩把頭從簾子裡探出來，四處張望，欣賞外面的風景。看到年輕人的樹枝前端掛著一個嗡嗡嗡的東西，十分想要。男孩向同行騎馬的武士說：

「我想要那個啦。我想要那個啦。」

武士便拜託年輕人，

「我們少主說想要那個嗡嗡嗡的東西，真是不好意思，可以請您送給他嗎？」

年輕人說：

「這是神明特地賜給我的，不過，既然大人那麼想要的話，就送給他吧。」

便乖乖將套著馬蠅的樹枝交給對方。車上的女子見了，說：

「欸，這怎麼好意思。不然我跟你交換這個吧。您一定渴了吧？送您這個，請吃吧。」

將三顆放在漂亮紙上，香氣迷人的大橘子，交給了同行的武士。

年輕人收下之後，高興地說：

「唉呀唉呀，一根稻草變成三顆大橘子了。」

又將它掛在樹枝上，再扛在肩上。

三

這時，迎面又開來一輛載著女子的車子。這回來的是身分比前一位更高的人，似乎是偷偷出門參拜，帶著許多的武士及侍女同行。一名侍女似乎是累了，說：

「我再也走不動了。啊，我的口好渴。好想喝水。」

說著說著，臉色蒼白地倒在路上。武士們也嚇了一大跳，慌忙地到處找哪裡有水，不過那裡既沒有井，也沒有河。這時，年輕人正好慢吞吞地經過，大家問他：

「喂、喂，你知不知道這附近哪裡有水呢？」

年輕人問：

「哦哦。這一帶差不多五町[2]以內的範圍，都沒有會湧出清水的地方，請問發生什麼事了呢？」

「你看看，這個人走得太累了，天氣又熱，再不喝水的話，她就快死了。」

「唉呀唉呀，真可憐啊。不然，請她先吃這個吧？」

說著，年輕人拿出三顆橘子，全都給了對方。大家非常高興，立刻剝掉橘子皮，讓生病的女子吸食橘子汁。女子好不容易才清醒過來，四處張望，說：

「啊，我怎麼了呢？」

譯註2　一町約為一〇九公尺

大家告訴她，正愁找不到水的時候，路過的男子給了她橘子，救了她的事，女子高興地說：

「要是沒遇見他，我應該已經死在這片荒野了吧。」

語畢便拿出三反[3]雪白的高級布料，又說：

「我願意獻上一切來報答您，不過在旅途中，實在是沒帶什麼像樣的東西，一點小東西，還請您笑納。」

將布料交給他。

「唉呀唉呀，橘子變成三反布匹了。」

他開心地將布匹夾在腋下，繼續往前走。

四

第二天，年輕人又像昨天一樣，漫無目的地往前走。將近正午的時候，迎面來了一位騎著一匹壯馬的人，帶著兩、三名隨從，一行人大搖大擺地往前行。年輕人見了那匹馬，忍不住盯著馬，喃喃自語地說：

「哇，真是匹好馬，這就是所謂的千里馬吧。」

當馬來到年輕人面前，竟然突然倒在地上，就這樣死掉了。騎著馬的主人與隨行的家臣都一臉慘白。他們卸下馬鞍，餵牠喝水，輕撫牠的身體，想盡各種法子撫慰牠，卻沒能讓馬活過來。馬主相當沮喪，都快哭出來了，只好向附近人家借來馬匹，騎著那匹馬乖乖回家。後來，家臣們卸下馬鞍與馬轡，跟在後頭。不過，不管是多麼上等的馬，總不可能扛著馬屍往前走，於是他們留下一名男僕，命他處理死去的馬。年輕人一直在旁觀看事情的始末，心想，「我昨天把一根稻草變成三顆橘子，把三顆橘子變成三反布。這次說不定可以把三反布變成一匹馬呢。」

他走到男僕身邊，說：

「喂、喂，這匹馬怎麼啦？看起來是一匹優質好馬呢。」

譯註3　一反布相當於可以製作一件和服的長度，約為長十二公尺以上，寬三十六到三十八公分的布料。

男僕說：

「是的，這是花了很多錢，遠從陸奥國[4]買來的馬，之前也有很多人想要這匹馬，願意花錢買下牠，三不五時就來打聽，煩死了，不過我們主公很愛惜牠，根本不打算出售。沒想到竟然突然暴斃了，這下可是賠了夫人又折兵啊。我本來想把馬皮剝下來賣掉，不過旅途中實在是不方便，也不能把馬扔在這裡，現在也正愁該怎麼辦才好。」

年輕人說：

「太可惜啦。你把馬交給我吧，我會想辦法處理，把牠讓給我吧。我拿這個跟你換。」

說著，他取出一反白布。男僕認為死掉的馬可以換到一反布，這下賺到了，立刻跟他換了馬。心裡還想著，「要是年輕人清醒了，覺得換到馬的死屍是一筆賠本的生意，要跟我討布，那就糟了。」於是頭也不回地，拔腿就跑。

五

年輕人目送著男僕的背影，直到再也看不見為止。隨後，他用路旁的清水把手洗乾淨，朝向長谷寺觀音菩薩的方向雙手合十，閉上眼睛拚命地祈求，

「弟子誠心祈求，請讓這匹馬起死回生吧。」

結果，已經死掉的馬突然睜開眼睛，掙扎著想要爬起來。年輕人欣喜若狂，立刻扶著馬的身體，幫牠站起來。接著又餵牠喝水、吃東西，馬很快就恢復精神，活潑地走動著。

年輕人到附近，用一反布換來韁繩與馬轡，套在馬上，立刻騎上馬，迅速前行。當天晚上，來到宇治附近時，天色漸黑。年輕人像昨夜那樣，拿出一反布，請一戶人家收留他過夜。

第二天一大早，年輕人再度騎上馬匹往前行。他很快就來到京都附近，一個叫做

譯註4　日本古代的令制國之一，相當於今福島縣、宮城縣、岩手縣、青森縣及秋田縣東北方。

鳥羽的地方，一戶人家的屋裡，似乎正在準備要出門旅行，人聲嘈雜，好不熱鬧。年輕人突然想到一件事。

「我也沒有想清楚，就騎著這匹馬來到京都，要是碰上認識的人，說不定會懷疑我這匹馬是偷來的，肯定會遇上大麻煩。這戶人家的人好像要出門遠行，他們一定需要馬吧？不如把馬賣給他們，這下我也比較放心。」

年輕人告訴他們：

「喂，你們願意買下這匹馬嗎？我可以算你們便宜一點。」

於是這戶人家的人們表示感謝，雖然年輕人肯便宜出售，不過他們正好沒有現金。他們說，不如把田地與白米分給他，用這些來跟他換馬吧。年輕人心不甘情不願地說：

「我也是一名旅人，拿了田地和白米也沒有用，不過，既然你們都開口了，還是跟你們換吧。」

「好的。讓我看看你的馬吧。我看看。」

對方的男子說著，跨上馬背，

「這真是一頭很棒的馬。這筆交易絕對不會吃虧。」

說著，便給了年輕人附近的稻田三町[5]，還有少許白米。接著又說：

「我順便把這棟房子送給你，請你不要客氣，就此住下來吧。我們暫時必須到遠方生活了。要是還能活著回來，到時候再請你把房子還給我吧。要是我們在那邊過世了，這棟房子就是你的了。我沒有子嗣，以後也不會有人來向你追討。」

對方連房子都交給他，便出發了。

年輕人心想，這下撿到不得了的東西了，聽從對方的話，在這棟房子住了下來。由於他只有一個人，利用分來的白米，暫時過了一段衣食無虞的日子。

不久，他找人來耕田，三町田的一半供自己花用，另一半則租給別人，慢慢在這個地方安定下來。

譯註5　一町相當於一公頃。

到了秋季，收成的時節，租給別人的田地自然也有收穫，他自己的田地則是大豐收。後來的發展，就像堆沙成塔一般，他逐漸地累積財富，變成大富翁了。將房子交給他保管的人，過了幾年都沒有回來，房子也終於歸他所有了。

後來，年輕人娶了一個好老婆，生下許多子孫。過著熱鬧又有趣的一年。

一根稻草，竟然能為一個人帶來這麼多的幸福與好運。

一寸法師

一寸法師帶著公主登島，四處張望地往前進，這時，也不知道是打哪來的，突然冒出兩隻鬼。他們突然撲到公主身上，想要一口把她吞下肚。

一

從前，在攝津國[1]的難波這個地方，住著一對夫妻。他們的膝下無子，於是去參拜住吉的明神，拚命祈求，

「請賜我們一個孩子吧。即使是跟手指一樣小的孩子也無所謂。」

不久，太太就懷了身孕。

「我們的願望實現了。」

夫妻倆非常高興，十分期盼孩子早日出世。

不久，太太產下一名小小的男嬰。嬰兒實在是太小了，幾乎跟手指一般大。

「因為我們說了跟手指一樣小的孩子也無所謂，明神大人真的賜給我們一個跟手指一樣大的孩子。」

夫妻倆笑著，悉心將這孩子扶養成大。不過，不管過了多久，這孩子永遠跟手指一樣大。夫妻倆也死心了，將這孩子取名為一寸法師。一寸法師五歲的時候，還是沒長高。到了七歲，身高還是一樣。過了十歲，仍然是一寸法師。每當一寸法師走在路

上，附近的孩子們都會湊過來，紛紛取笑他說：

「欸，小矮人在走路。」

「別把他踩死了哦。」

「把他抓起來咬碎吧。」

「矮子、矮子。」

一寸法師不曾回嘴，只是微笑以對。

二

一寸法師十六歲了。有一天，一寸法師來到父親與母親跟前，說：

「請讓我離開吧。」

父親嚇了一跳，問：

譯註1 日本古代的令制國之一，相當於現在的大坂、神戶一帶。

「你為什麼要說這種話？」

一寸法師志得意滿地說：

「我打算去京都。」

「你打算去京都做什麼呢？」

「京都是天子所在之處，也是日本第一的城市，一定有許多有趣的事。我打算去那裡碰碰運氣。」

聽了他的話，父親也點頭同意。

「好吧，你就去吧。」

一寸法師非常高興，立刻著手準備旅行。他先向母親要了一根縫衣針，用麥稈做劍柄與劍鞘，製成一把刀，插在腰際。接著又把新的湯碗當成小船，新的筷子當成船槳，從住吉海邊划船出發。父親與母親到海邊目送他出發。

「父親、母親，我出發了。」

一寸法師說著，划船出發，父親與母親說：

「你一定要好好表現，出人頭地哦。」

一寸法師回答：

「是，我一定會出人頭地。」

湯碗小船每天都逐漸往淀川逆流而上。不過他的船實在是太小了，只要刮起一陣強風，或是碰到下雨天，河水位增高時，小船就會翻覆。這種時候，他也只能把船停靠在石頭之間，或是橋墩的背水側休息。

就這樣，花了一個月的時間，好不容易才抵達京都附近的鳥羽。他在鳥羽棄船上岸，很快就來到京都城。城裡有五条、四条、三条，好多熱鬧的街道，馬、車絡繹不絕，還有許許多多的行人。

「京都果然是日本第一的城市，好熱鬧啊。」

一寸法師邊走邊閃避路上行人的木屐齒，頻頻讚嘆。

來到三条的時候，在許多氣派的宅邸之中，有一間特別顯眼，大門特別氣派的宅邸。一寸法師心想，

「如果要出人頭地，得先成為偉大人物的家臣，接下來再慢慢往上發展。這裡一定是最偉大的人的宅邸。」

於是他慢條斯理地走進門裡。辛苦地走過一段寬廣的鋪石子路，站在宏偉的玄關前。原來這裡是三條的宰相府，大權在握的大臣的宅邸。

這時，一寸法師使盡全力發出聲音大喊，

「有人在家嗎？」

不過似乎沒有人聽見，完全沒有人來應門，於是，他用更大的聲音喊，

「有人在家嗎？」

一寸法師第三次大喊，

「有人在家嗎？」

這時，宰相大人正好要出門，走到玄關，聽見他的聲音，這才出來察看。不過，他在玄關沒看見人影。正覺得奇怪，四下張望的時候，在脫鞋處的鞋子旁，有一名紅豆大小的男子抬頭挺胸地站在那裡。宰相大人嚇了一跳。

「剛才出聲的人是你嗎？」
「是的，是我。」
「你是誰？」
「我是來自難波的一寸法師。」
「果真是一寸法師。請問你到我的宅邸，有何貴幹呢？」
「我為了出人頭地，才特地來到京都。我會拚命的工作，請讓我成為府上的侍從吧。」
一寸法師說著，點頭行禮。宰相大人笑著說：
「真是有趣的孩子。好，我就讓你當侍從吧。」
就這樣，把他留在宅邸了。

三

自從一寸法師成為宰相大人宅邸的侍從之後，雖然他的體型非常小，還是勤奮努力地工作。他十分聰明伶俐，所以大家都叫他「一寸法師、一寸法師。」相當疼愛他。

在這座宅邸裡，住著一位即將滿十三歲的可愛公主。一寸法師最喜歡這位公主了。公主也很喜歡一寸法師，不管上哪兒，都會呼喊，

「一寸法師。一寸法師。」

隨時都帶著他。他們的感情愈來愈好，畢竟兩個人都還是小孩，所以一直維持朋友的交情，時而吵架，時而惡作劇，有時哭，有時笑。有一次，兩個人又吵架，這次是一寸法師吵輸了。一寸法師實在是太生氣了，趁著公主午睡不在的空檔，將大人賞給自己的點心吃光了，還把剩下的粉沾到沉睡中的公主的嘴角。自己再拿著空無一物的點心包裝袋，來到院子的正中央，故意大聲地放聲大哭。大人聽見他的哭聲，來到簷廊一看，問：

「一寸法師，怎麼了？怎麼了？」

一寸法師則以十分悲傷的聲音說：

「公主打了我，搶走大人賞給我的點心，一個人吃光了。」

大人嚇了一跳，來到公主的房間一看，公主的嘴角沾著大量點心的粉末，正在睡覺。

大人非常生氣，叫來公主的母親，狠狠地把她訓了一頓，

「怎麼回事？妳怎麼能讓公主做出這種沒有禮貌的行為呢？」

這位母親也是有點壞心眼的人，想到自己因為公主而遭到責罵，覺得心有不甘。在氣憤之下，她列舉了各種無中生有的事，像是公主沒有禮貌的事蹟，根本不配當大臣的女兒，告狀說：

「她根本不顧我的再三阻止，老是做一些蠢事，一點也不聽話。」

宰相大人更生氣了，告訴一寸法師，他打算把公主逐出家門，扔到某個遙遠的地方。

因為一寸法師亂說話，害公主被趕出門，他相當同情公主的遭遇。於是他打算伴

隨公主到天涯海角，先帶她到難波的爸爸家，所以他們在鳥羽搭船。很快地，他們就遇上一場暴風雨，船隻迅速往河的下游流去，被沖到海上。後來，船隻便任憑海風的吹拂，在海面飄了三天三夜，到了第四天，終於飄到一座島。

在那座島上，有許許多多不曾聽說過的，不可思議的花朵與樹木，不知道有沒有人居住，一直不見人跡。

一寸法師帶著公主登島，四處張望地往前進，這時，也不知道是打哪來的，突然冒出兩隻鬼。他們突然撲到公主身上，想要一口把她吞下肚。公主大吃一驚，昏了過去。見到此景，一寸法師拔出那把亮晃晃的縫衣針腰刀，輕巧地跳到鬼的面前。他用盡全力，大聲吶喊，

「喂、喂，看清楚她是誰。她可是三条宰相大人的公主哦。要是做出失禮的舉動，我一寸法師可不會放過你。」

兩隻鬼被他的聲音嚇了一跳，仔細一瞧，腳邊竟然氣勢十足地站著一個紅豆大小的迷你男子。鬼呵呵笑了。

「什麼嘛。竟然是這顆小豆子。煩死了，把他吃掉吧。」

說時遲那時快，一隻鬼拎起一寸法師，一口把他吞進肚子裡。一寸法師拿著刀，很快地滑進鬼的肚子裡。進到肚子裡之後，他在裡面跑跑跳跳，拿刀到處亂砍。鬼痛苦地滿地打滾。

「啊、好痛。啊、好痛。我受不了啦。」

趁著他痛苦喘氣的空檔，一寸法師再度輕巧地從嘴裡跳出來。舉起他的刀，再度向鬼砍去。這時，另一隻鬼說：

「小矮子，別得意。」

同樣抓住一寸法師，張嘴就吞下肚。一寸法師被吞進去之後，這次則迅速地跳起來，從喉嚨爬到鼻孔，接著又爬到眼窩，拚命地戳刺鬼的眼珠。鬼忍不住大叫，「好痛啊。」一跳了起來，這時，一寸法師從眼睛裡往下一躍，跳到地面。鬼還以為自己的眼珠子掉下來了，大吃一驚，喊著：「不好了、不好了。」一拔腿就跑。

另一隻鬼緊跟在後。

「我不行了。快逃、快逃。」

「哈哈，膽小鬼。」

一寸法師爽快地看著鬼逃亡的背影，說：

「唉，真累人。」

接著將倒在一旁的公主抱起來，悉心照顧她。公主很快就醒了，正要起身的時候，發現袖子裡滾出一把小槌子。

「欸，這東西怎麼會在這裡？」

公主撿起來，拿給一寸法師查看。

一寸法師拿起那把槌子，說：

「這是鬼忘記帶走的萬寶槌。只要揮動它，就能揮出任何你想要的東西。請看，我現在用它來打我的背。」

說著，一寸法師舉起萬寶槌，說：

「一寸法師啊，變大吧。變成正常人的體型吧。」

揮舞一次後，身高長高一尺，揮舞兩次則長高三尺，第三次則變身為身高將近六尺，高大壯碩的男子了。

每一回，公主都瞪大了雙眼，說：

「唉呀，唉呀。」

一寸法師變大了，開心得不得了，一會兒站起來，一會兒蹲下，回頭看看後面，又看看前面，稀奇地打量著自己的身體，確認過一遍之後，突然想地自己三天三夜沒有進食，肚子餓了的事。他立刻舉起萬寶槌，揮出怎麼也吃不完的美食，跟公主一起享用。

吃完飯後，接下來則揮出金銀、珊瑚、琉璃、瑪瑙等各式各樣的珍寶。到了最後，則揮出一艘大船，載滿所有的寶物，跟公主兩人再次搭船，很快就回到日本國來了。

四

一寸法師帶著宰相大人的公主，從鬼島取得寶物，平安歸來的傳言，很快就流傳開來，不久，也傳進天子的耳裡。

有一回，天子召見一寸法師，發現他果真是一名氣宇宣昂的偉大年輕人，明白他並非平凡人物，於是仔細地調查他的祖宗。後來得知一寸法師的爺爺乃是人稱堀河中納言的偉人，其子——也就是一寸法師的父親，因蒙受冤屈，被貶到鄉下，同時得知，一寸法師之母，也是原來的伏見少將之女。

天子立刻授予一寸法師官位，封他為堀河的少將。堀河的少將鄭重向三条宰相大人請求，迎娶公主為妻。後來，他從攝津國的難波，接來父親與母親，大家齊聚一堂，快樂地生活在一起。

瓜子公主

老公公則一如往常，出門上山砍柴。老婆婆則去河邊洗衣服。
瓜子公主獨自一人乖乖看家，仍然發出唧唧聲，不停地織布。

一

很久很久以前，有一對老公公跟老婆婆。有一天，老公公上山去砍柴。老婆婆去河邊洗衣服。老婆婆在河邊嘩嘩地洗著衣服時，上游噗通噗通地飄來一顆大瓜果。老婆婆見了之後，說：

「唉呀，好稀奇的大瓜果啊，一定很好吃吧。把它帶回家，跟老公公一起吃吧。」

於是用枴杖前端將瓜果勾過來，撿起來帶回家了。

傍晚，老公公一如往常地背著柴，下山回家了。老婆婆滿臉微笑地出來迎接他，說：

「喂，老公公，歡迎回來。今天，我在河裡撿了一個老公公喜歡的好東西，打算跟老公公一起吃，所以從剛才就一直等著你回來了。」

說著，讓老公公看了撿來的瓜果。

老公公說：

「哦哦，這真是難得一見的大瓜果呢。一定很好吃吧。真想快點品嚐。」

於是，老婆婆從廚房取來菜刀，正想將瓜果劈成兩半，沒想到瓜果自己從中間裂開，從裡面蹦出一名可愛的女孩。

「唉呀，唉呀。」

老公公與老婆婆驚呼，嚇到雙腿發軟。過了一會兒，老公公說：

「一定是神明可憐我們沒有孩子，才把這孩子送給我們。我們好好把她養大吧。」

老婆婆說：

「沒錯。你看看。她的臉多麼可愛啊，還對著我們笑呢。」

於是，老公公與老婆婆急忙燒了開水，用溫水幫嬰兒洗澡，再用溫暖的衣服裹住，悉心呵護她。因為她是從瓜果裡生出來的孩子，所以稱她為瓜子公主。

瓜子公主一直是一個嬌小可愛的女孩。織布機對她來說實在是太大了，所以請老公公為她準備小巧的織布機。

她每一天都不曾間斷地發出唧唧聲，織著布匹。老公公則一如往常，出門上山砍柴。老婆婆則去河邊洗衣服。瓜子公主獨自一人乖乖看家，仍然發出唧唧聲，不停地織布。

每次外出的時候，老公公與老婆婆總會對瓜子公主說：

「這座山上住著天邪鬼這個壞東西。說不定會趁妳看家的時候來抓妳，千萬不可以隨便開門哦。」

說完就把門關好，出門去了。

二

某一天，瓜子公主獨自一人唧唧唧地織布，天邪鬼終於上門了。他裝出溫柔的聲音說：

「喂，瓜子公主，請妳開開門。跟我一起玩嘛。」

瓜子公主說：

「不要，我才不會開門。」

「瓜子公主，開一個手指可以伸進去的小縫就可以了，拜託開開門。」

「既然你這麼說，那我就稍微開一個小縫吧。」

「再開大一點嘛，瓜子公主。至少要讓我的手伸進去。」

「既然你這麼說，那我就稍微開大一點吧。」

「瓜子公主，再開大一點吧。至少要讓我的頭伸進去。」

出於無奈，瓜子公主開了一個僅容頭伸進去的縫，天邪鬼便順利地進到家裡來。

天邪鬼說：

「瓜子公主，我們去後山摘柿子吧。」

瓜子公主說：

「我不想去摘柿子。老公公會罵我。」

天邪鬼露出恐怖的表情，瞪著瓜子公主。

瓜子公主覺得十分害怕，只好跟他去了後山。

來到後山，天邪鬼迅速爬到柿子樹上，摘下看似美味的鮮紅柿子，吃下肚，吃個不停。只把籽跟蒂扔到待在底下的瓜子公主身上，連一顆柿子也不肯給她。瓜子公主羨慕地說：

「請給我一顆吧。」

天邪鬼說：

「妳也爬上來吃不就行了。」

便爬下樹，這次則把瓜子公主扛到樹上。放到樹上的時候，還說：

「穿這件衣服爬樹，會把衣服弄髒。」

於是幫她換上自己的衣服。

瓜子公主好不容易才爬到柿子樹上，正要摘柿子的時候，天邪鬼不知打哪兒拿來藤蔓，把瓜子公主綁在柿子樹上。自己則穿上瓜子公主的衣服，假扮成瓜子公主，回到家中，若無其事地，唧唧唧地織布。

三

過了不久，老公公和老婆婆回來了，不過他們一無所知，說：

「瓜子公主，妳認真看家，好乖。妳一定很想我們吧。」
說著，摸摸她的頭，天邪鬼悄悄地吐舌，說：
「是的，是的。」
這時，外面突然傳來吵鬧聲，來了許多打扮英挺的武士，他們扛著一只上著光亮新漆的漂亮籃子過來，停在老公公和老婆婆的家門口。剛開始，老公公與老婆婆不明白發生了什麼事，相當緊張，這時，武士對老公公和老婆婆說：
「聽說府上的千金能織出美麗的布匹。城裡的主公與夫人表示想見識府上千金織布的模樣，派我們扛籃子過來接她。」
老公公和老婆婆非常高興，讓假扮成瓜子公主的天邪鬼坐上籃子。武士們則扛著天邪鬼，經過後山時，柿子樹上傳來一個聲音說：
「唉唉，瓜子公主搭乘的籃子，裡面坐的可是天邪鬼。瓜子公主搭乘的籃子，裡面坐的可是天邪鬼。」
眾人心想「唉呀？好奇怪。」湊到旁邊一看，竟然是楚楚可憐的瓜子公主，被人套上天邪鬼的髒衣服，綁在樹上。老公公發現瓜子公主後，立刻把她從樹上放下來。武士們也非常生氣，把天邪鬼從籃子裡拖出來，換上瓜子公主，將她帶進城裡去了。他們砍下天邪鬼的首級，扔在田地的角落。從首級流出來的血，染紅了黍米的殼，從這時起，就多了紅色的黍米。

輯三

英雄傳說

田村將軍

田村麻呂平定奧州武士之亂後，以緩慢的步調凱旋回到京都。天皇陛下龍心大悅，給田村麻呂許多的賞賜。並且鄭重地封他為征夷大將軍。

一

曾經造訪過京都的人，肯定參拜過那裡的清水觀音菩薩，從那高聳的舞台上方，瞭望著眼前的京都城，接著再遙拜遙遠的另一頭，朦朧、蒼翠的皇居松樹林。接下來，肯定會再轉頭，看看遠方那彷彿壓在正殿之上的高聳東山山頂，像是貿然冒出頭來的漆黑、茂盛杉樹群。在這座可以放眼瞭望京都城的高山墳墓裡，葬著過去聲名遠播的將軍——坂上田村麻呂[1]。他逝世之後，人們稱他所埋葬的墳墓為將軍塚，在一千多年的漫長時光裡，一直被人們尊崇為鎮守京都的神明，相傳每當世間發生災禍之時，將軍塚將會發出聲音與移動。

距今一千多年的過去，桓武天皇[2]首度於京都建造皇居時，坂上田村麻呂正是陪著天皇陛下從奈良都遷到京都的其中一人。他是一名身高五尺八寸[3]，胸背厚度一尺二寸[4]，宛若巨人的高大男子。而且他還有宛如熊鷹[5]的恐怖眼睛，臉上佈滿了像是鐵針一般的鬍子。同時，他的體重有六十四斤[6]，據說當他憤怒地使力時，重量將會變成四倍。再勇猛的東方武士，或是老虎、豺狼等的猛獸，只消被田村麻呂瞪一眼，甚至還會立刻簌簌發抖，直打哆嗦。相反地，當他心情好的時候，則會對親切地對待三、四歲的孩童，甚至把他們抱到腿上，讓他們香甜地睡覺。因此，部下的兵士們都很仰慕田村麻呂，願意為他赴湯蹈火，再所不惜。

儘管田村麻呂是如此堅強的人，同時也是心地非常善良之人，信仰神佛之心也超越常人，他經常向清水的觀音菩薩祈求出師大捷。

譯註1 七五八—八一一。平安時代的武官。

譯註2 七三七—八〇六。日本的第五十代天皇。

譯註3 約一七六公分。

譯註4 約三十六公分。

譯註5 一種體型碩大的鷹科猛禽。

譯註6 約三十八公斤。

二

有一回，奥州[7]的勇猛武士——高丸謀反。他不僅完全不聽從天皇陛下的命令，還砍殺京都派駐的官員，掠奪人民的財物，簡直就像自封為王。天皇陛下非常擔心，屢屢派出軍隊討伐高丸，由於對方的勢力強大，每一回軍隊都吞下敗仗，夾著尾巴逃回來。這時，只剩下田村麻呂了，最後終於由田村麻呂出任大將，派遣他到奥州參戰。

接過天皇陛下的命令之後，田村麻呂立刻奉命調度兵力。等到完成出戰的準備，即將從京都出發的早上，田村麻呂一如往常地參拜清水的觀音菩薩。

「請保佑我順利得勝，化解天皇陛下的憂心。」

他專注地祈求後，出發前往奥州。

抵達奥州之後，他終於展開與高丸的征戰，對方確實是威名遠播的勇猛武士，一旦開戰，在獲勝之前絕對不會善罷甘休。即便我軍已盡數遭到敵軍討伐，只剩下最後一人，對方也絕計不會退卻。父親戰死了，輪到兒子參戰，兒子戰死則由父親繼承，他們總是踩著我軍的屍骸，勇往直前，不斷往前攻。

因此，儘管田村麻呂的軍力、勇氣完全不曾衰退，當他們不斷射出弓箭時，敵軍的人數則不斷增加，最後箭矢終於全數用盡。不管多麼著急，箭矢用光就無法再戰了。看來我方即將吞下敗仗，田村麻呂咬牙切齒，懊悔不已。這時，不知打哪兒冒出一名長滿鬍子的高大男子，以及嬌小可愛的和尚，他們衝進敵軍宛如雨勢一般射出的箭雨裡，一臉坦然地在敵軍之中行走，勤奮地撿拾我方射出去的箭矢，再送回我方的陣營。在他們的努力之下，我方不管射出多少箭，箭矢依然源源不絕地增加，根本不知道何時才能射完。當我方射得更加猛烈，即便是狂猛的武士也潰不成軍，發出哀傷的慘叫聲後逃走了。我軍可不會錯過這個機會，窮追猛打。敵方的大將高丸非常不甘心，鞭策著敵軍，努力重整軍勢，然而，已經潰散的軍隊，再也無法恢復了。不久，高丸也被田村麻呂銳利的箭矢射中，在亂軍之中戰死了。田村麻呂便乘著軍勢，躲在一個叫做達谷窟的深穴裡，順勢殺死高丸的同伙，人稱惡路王的武士。

譯註7　指陸奧國，日本古代的令制國之一，約於今福島縣、宮城縣、岩手縣、青森縣、秋田縣東北部。

三

田村麻呂平定奧州武士之亂後，以緩慢的步調凱旋回到京都。天皇陛下龍心大悅，給田村麻呂許多的賞賜。並且鄭重地封他為征夷大將軍。自此之後，人們便稱田村麻呂為田村將軍，十分尊敬他。

田村麻呂獲此殊榮之後，他仍然認為這是他向清水的觀音菩薩祈願後得到的保佑，待他回京都後，立刻前往清水參拜，虔誠地感謝菩薩。

某件事一直讓他百思不得其解，就是當時的小和尚與高壯鬍鬚男。於是，田村麻呂順便向寺院裡的和尚提起奧州之戰的來龍去脈，和尚敬佩地擊掌叫好，說：

「哦哦，我知道了。那位小和尚一定是勝軍地藏，高壯鬍鬚男一定是勝敵毘沙門天。祂們都供奉在這座大殿之中。」

田村麻呂覺得不可思議，說：

「請您立刻帶我去參拜那位地藏大人與毘沙門大人吧。」

來到供奉於正殿的勝軍地藏及勝敵毘沙門天的神像前一看，結果怎麼了呢？地藏大人與毘沙門大人的神像，頭部、胸口、手腳、肩膀，好幾處都有刀傷與箭傷，就連雙腳都沾了一層厚厚的泥巴。

這時，田村麻呂更感受到神佛的神威，感佩不已，他將天皇陛下賞賜的錢財，全數捐給和尚，將寺院改建得更華美。如今的清水寺之所以成為那麼大的寺院，就是在田村麻呂之時改建的。

後來，田村麻呂又擊退鈴鹿山的惡鬼，平定藤原仲成[8]的謀反，立下各種功績，被人們尊為日本第一的將軍，卻在五十四歲時因病辭世。人們認為就此埋葬這麼了不起的將軍，十分可惜，於是為他的屍首穿上鎧甲，戴上頭盔，讓他站立於棺材之中。接著將他送到可以瞭望京都各方的東山山頂，朝向皇居的方向，以立姿埋葬。這就是將軍塚的由來。

譯註8　七六四—八一〇。平安初期的公卿。

八幡太郎

一天夜裡。義家只帶著宗任一名隨從，前往某戶人家拜訪，直到深夜才回家。宗任追著牛車，心想，今夜一定要殺了義家。

一

在過去的日本武士中，最強的就屬源氏的武士了。源氏的祖先之中，最了不起的大將[1]便是八幡太郎[2]。過去，源氏武士出戰之時，都會高呼氏神[3]八幡大神[4]的名號，他們一定會想起祖先八幡太郎，認為八幡太郎的英靈必定會保佑自己前進的方向，投身於沙場之上。

八幡太郎是源賴義[5]大將的長子，某天夜裡，他的父親賴義夢見八幡大神送他一把氣勢十足的寶劍，不久就生下八幡太郎。七歲之時，他在石清水八幡宮[6]元服[7]，命名為八幡太郎義家。

義家從小就擅長箭術，到了十二、三歲，已經可以自由操縱連一般武士都拉不動的弓，射箭百發百中，擁有過人的能力。

一回，一名以箭術聞名的高手——清原武則[8]，想要測試義家真正的箭術實力，便在樹上套了三層堅固的盔甲，讓義家射箭。義家隨手拿起一旁的弓箭瞄準，輕輕鬆鬆地放箭，便射穿了三層盔甲，箭矢甚至還從後方穿出五寸[9]。

二

長大之後，義家隨著父親賴義，討伐奧州的安倍貞任[10]、宗任[11]兄弟的叛亂。這場戰事持續了九年，其間曾受到猛烈的大雪所苦，也曾陷入兵糧用盡，即將餓死的困境，也曾遭遇敵軍一時氣勢威猛，做好了我方全員戰死的心理準備，不過，每一回都憑著義家過人的智慧及勇氣，以及宛如神技般的箭術之下，擊退敵軍，將百分之

譯註1 日本古代的官職。

譯註2 源義家，一〇三九—一一〇六。平安後期的武將。

譯註3 古代社會中，一族的祖神或守護神。

譯註4 源氏一族的守護神，日本的戰神。

譯註5 九八八—一〇七五。平安中期的武將。

譯註6 位於日本京都府八幡市的神社。

譯註7 日本古代男子的成年禮。

譯註8 生卒年不詳。平安中期的武將。

譯註9 約十五公分。

譯註10 一〇一九—一〇六二。平安中期的武將。

譯註11 一〇三二—一一〇八。平安中期的武將。

九十九的敗仗，翻轉為我軍的勝利。

隨著戰事的發展，八幡太郎的名氣也愈來愈響亮。即便是叛亂的武士也要畏懼三分，後來光是聽聞八幡太郎的名號就逃之夭夭。

然而，武士並不能只靠強大。八幡太郎是一名心地善良，宛如神明般慈悲之人，就連敵人都能感覺到，並且對他產生景仰之心。

正當漫長的九年之戰即將劃下句點之時。一日，在激烈的爭戰過後，義家與敵方大將貞任兩人一對一分個勝負。後來，貞任逐漸力不從心，便掉馬回頭，打算逃走。義家在他身後大聲地吟詠和歌的下聯，

「此戰如彼衣，早已生破綻。」

貞任在逃跑的同時，仍然立刻回頭對了上聯。

「經年又累月，衣豈禁得住。」

這是因為這場戰事正好發生在衣川旁邊，一個叫做「衣館」的地方，所以義家諷刺貞任，

「你的衣服已經破了。你的氣數也快要用盡了。」

貞任也不服輸地回敬：

「畢竟是長年以來的戰事，這也怪不得衣服的絲線破裂、綻線了。」

於是，義家十分同情貞任，那天就這樣放他逃走了。

儘管義家饒過對方一回，氣數已盡畢竟是無力挽回之事，不久，貞任就遭到殺害，弟弟宗任也被活活逮捕，奧州的叛亂之徒也消滅殆盡了。賴義與義家兩人，在經歷九年的苦戰之後，帶著活捉的敵人，凱旋回師京都。

三

回到京都之後，敵方大將宗任理應即刻斬首，不過義家認為，

「戰事既已弭平，不應該再分敵方我方。切莫擅自取人性命。」

於是，他向天皇陛下請願，請求天皇陛下原諒以宗任為首的所有敵方戰俘，代替自己的賞賜。後來，宗任就此留在京都，表示想要成為義家的家臣，所以義家將他留

在身邊。

宗任曾經受到義家相救，對他自然十分感激，感佩於義家的大恩大德，不過他原本就是一個擅長憎恨他人的叛變武士，對於殲滅自己一門的義家，還是無法完全放下憎恨之情。是故，他總是伺機而動，等待殺死義家的報仇機會。義家則是不以為意，對宗任的待遇，與一直跟隨著他的老家臣並無二致，不管上哪兒，都叫著「宗任、宗任。」，讓他隨行。

一天夜裡。義家只帶著宗任一名隨從，前往某戶人家拜訪，直到深夜才回家。宗任追著牛車，心想，今夜一定要殺了義家。於是，他從懷裡抽出匕首，悄悄窺探車裡的情況，義家竟然在車上睡得十分香甜，毫不設防。這時，宗任十分敬佩，「只讓我這個敵人隨行，而且絲毫不曾露出猜疑的神色。他真是一個胸襟開闊又了不起的人物啊。」

便將抽出來的匕首收了起來。後來，他完全聽命於義家，一輩子都不曾反抗。

又有一回，義家一如往常，只帶著宗任隨行，受邀前往大臣藤原賴通[12]的官邸。賴通命義家詳細敘述奧州戰爭的始末，因為聊得十分開心，不覺夜色已深。這時，知名的學者大江匡房[13]正好來到賴通府上叨擾，聽得津津有味，離去之時，喃喃自語地說：

「雖然義家是了不起的大將，可惜不懂戰爭的學問啊。」

在玄關前待命的宗任正好聽到這句話，事後對義家說：

「匡房說了這種話。明明是個什麼都不懂的學者，還這麼自以為是！」

發了一頓脾氣。不過，義家笑著說：

「哪裡的話，他說的一點都沒錯。」

隔天，他們鄭重地造訪匡房家，客氣地拜託他，向他請教戰爭的學問。

譯註12　九九二—一〇七四。平安時代的公卿。

譯註13　一〇四一—一一一一。平安後期的公卿。

四

不久，奧州的戰事再起。這回由義家擔任鎮守府將軍，前往奧州坐鎮，先平定清原真衡[14]、家衡[15]的兄弟不和，最後，家衡拉攏叔叔武衡[16]，投靠義家。

這時，義家率領自己的軍隊，這回也是在飢寒交迫之下，專心一致地征戰了三年。

事情發生在這場戰事期間。一天，義家一如往常地經過原野，從茂密的草原深處，突然零零散散地飛出許多隻雁鳥。義家見了此景，沉思了半晌，說：

「見雁鳥胡亂地從原野飛出來，此處勢必有埋伏。喂，從這邊繞過去。」

於是在附近一帶的草原追捕，果然如他所料，草原裡躲著許多的伏兵。把他們全都找出來收拾了。這時，義家對家臣們說：

「雁鳥亂飛是伏兵的跡象，這是我從匡房告訴我的兵書上學到的道理。拜此之賜，讓我們逃離險境。所以我們必須好好學習。」

這次的戰事與之前不相上下，也是一場非常艱苦的戰爭，不過，總算在第三年解決了，義家再次回到睽違多時的京都。當時正好適逢春季，他離開奧州，打算從海路進入常陸國[17]，行經勿來關[18]時，正好遇上盛開的山櫻花，明明平靜無風，花瓣卻繽紛地飄落到盔甲的衣袖上。這時，義家從馬上回頭，仰望著櫻花，詠了一首詩。

「勿來關山櫻勿來，

落花遍地是落花。」

意思是「明明立著一處關卡，讓風別把櫻花吹進來，為什麼山櫻花卻落了滿地，幾乎把這條路都塞住了。」捨不得櫻花散盡。

譯註14 生年不詳—一〇八三。平安後期的武將。

譯註15 生年不詳—一〇八七。平安後期的武將，清原真衡之弟。

譯註16 生年不詳—一〇八七。平安後期的武將。

譯註17 日本古代的令制國之一，相當於今茨城縣東北部。

譯註18 當時常陸國與陸奥國的邊境。

五

後來，八幡太郎的名氣愈來愈響亮，據說最後連鳥獸聽了他的名號，都要畏懼三分。

一回，天皇陛下的皇居，每夜都會出現不可思議的妖魔，每到妖魔出現的時刻，天皇陛下都會突然發高燒，染上一種叫做瘧疾的惡性疾病。於是，天皇陛下吩咐八幡太郎，命他守備天皇陛下的皇居。義家接旨之後，立刻套上鎧直垂[19]，帶著弓與箭，站在皇居院子的正中央戒備。過了半夜，到了天皇陛下的瘧疾即將發作的時刻。義家挺直了身體，站在一片漆黑的院子裡，目光如炬地瞪視著妖魔可能來訪的方向，拉動弓絃三次，發出「繃、繃、繃」的聲音。接著，他大聲地報上自己的名號。

「八幡太郎義家。」

結果妖魔竟然瞬間消失，天皇陛下的病也痊癒了。

又有一回，義家到原野打獵時，迎面來了一隻狐狸。義家見了之後，便覺得要把箭射向那麼小的生物，是一件殘忍的事，想要嚇嚇牠，於是把弓搭在絃上，刻意瞄準了狐狸眼前的地面射出去，離絃之箭就射在狐狸的正前方。此舉把狐狸嚇了一大跳，本來以為牠昏倒了，想不到牠竟然一命歸西了。

又有一回，義家受到御堂殿大臣的邀請，前往他的官邸，在座的剛好還有解脫寺的高僧觀修[20]、鼎鼎有名的陰陽師安倍晴明[21]以及知名的醫師忠明[22]。這時，正好有人從奈良獻上當年第一次採收的西瓜。因為那是一顆難得一見的大西瓜，所以便直接放在餐盤裡，端到四位客人面前。安倍晴明首先捧起那顆西瓜，盯著它說：

「哦，真是顆罕見的西瓜。」

接著又說：

「不過呢，裡面好像有不好的東西。」

譯註19　武士穿在盔甲之下的服裝。

譯註20　九四五—一〇〇八。平安中期的天台宗僧侶。

譯註21　九二一—一〇〇五。平安時代的陰陽師。

譯註22　九九〇—卒年不詳。平安中期的醫師。

御堂殿便對解脫寺的高僧說：

「請上人為西瓜加持吧。」

高僧奉命，以手捻著念珠，開始祝禱，不可思議的是，西瓜竟然開始蠕動了。真是一顆怪異的西瓜，忠明醫師也拿出針灸用的針，說：

「來，我來阻止它吧。」

將針刺進西瓜中央的兩處，結果西瓜就不再蠕動了。最後由義家抽出匕首，說：

「我把它剖開來瞧瞧吧。」

將西瓜劈開後，裡面果然躲了一條小蛇。仔細一瞧，忠明的針確實插在蛇的雙眼之上。

而義家隨手劈開西瓜的匕首，正好將蛇的脖子與身體一分為二了。

御堂殿敬佩萬分地說：

「了不起，各界名聲響亮的高人們，果然不同凡響。」

六

八幡太郎壽如南山，活到將近七十歲，服侍了六、七任的天皇陛下。因此，在他的一生之中，有著說也說不盡的偉大勇猛故事，也成為後世武士們的典範。

鎮西八郎

為朝不僅擁有強大的力量，而且十分孝順父親，同時他對任何人都是感情深厚，是一名心地善良的人，才待了三年，就受到許多人的愛戴，幾乎已經是九州的國土了。

一

八幡太郎義家之後的第三代源氏大將，名為六條判官為義[1]。為義有許多子嗣，光是兒子就有十四、五人。其中，長子義朝[2]是後來的賴朝[3]及義經[4]之父，也是一名實力堅強的大將，不過，跟祖先八幡太郎一樣威猛的，則是八男鎮西八郎為朝[5]。

至於為什麼為朝又稱為鎮西八郎呢？背後有一個故事。打從為朝年幼時期起，就有別於其他的兄弟，身材高大，力量又強，勇氣過人，對這世間毫無恐懼的少年。天生就很擅長箭術，所以人們都說他是八幡太郎的轉世。不過，儘管八幡太郎是箭術名人，卻仍然與凡人無異，拉不動太重的弓，為朝的身高七尺[6]不僅力量強大，手臂也比一般人還長，而且左手更比右手長了四寸[7]，可以拉動比正常重兩倍的弓，也可以使用比正常長了兩倍的箭矢。一般人的箭頂多只能射到一、兩町[8]遠，為朝射出的箭卻能射到五町甚至是六町遠的地方，只要射出一箭，就能讓三、四名敵人受傷。

他從小就這麼強，打架的時候，其他兄弟全都不是他的對手。兄弟們對他是半分畏懼，半分痛恨，一找到機會就去向父親為義告狀，都是八郎不好，都是八郎的錯，為義也覺得很煩，每回都會把為朝罵一頓。不管父親怎麼斥責，為朝也不以為意，一如往常地惡作劇，為義也拿他沒輒，有一回，為義說：

「把你這個麻煩人物放在京都，不知道還會闖出什麼禍來。從今天開始，你愛上哪兒就上哪兒吧。」

便把他逐出家門。這時，為朝才剛滿十三歲。

即使被趕出家門，為朝也不覺得難過，心想：

「身邊沒有壞心眼的哥哥們、愛碎唸的爸爸，倒也不錯。這下就能悠哉過日了

譯註1　源為義。一〇九六—一一五六。義家之孫。

譯註2　源義朝。一一二三—一一六〇。

譯註3　源賴朝，一一四七—一一九九。

譯註4　源義經。一一五九—一一八九。

譯註5　源為朝。一一三九—一一八〇。平安末期的武將。

譯註6　約二二一公分。

譯註7　約十二公分。

譯註8　一町約為一〇九公尺。

了。」

他也沒帶家臣，隻身一人漫無目的的出門闖盪人生去了。

二

為朝遊歷各國，終於來到九州。這時，九州有許多大名，各自佔據自己的領土。每個國家都有戒備森嚴的城堡，希望盡可能地擴大自己的領地，所以相鄰的國家總是不停地征戰。

為朝來到九州後，立刻平定肥後國[9]的主城，讓大名阿蘇忠國成為自己的家臣，自稱為九州的總追捕使，討征所有的九州大名，命他們追隨自己。所謂九州的總追捕使，相當於九州的總督。這下一來，其他大名也是半分畏懼，半分憤怒地表示：

「為朝說自己是總追捕使，自吹自擂，到底是誰同意他這麼做啊？不就是一個傲慢的小子嘛！」

大家紛紛躲在自己的城裡，做好了準備等著為朝攻打過來，打算把他打個落花流水。
為朝聽了這件事，則是笑著說：
「哈哈。只不過是九州的小小大名，愚蠢至極。他們把我當成什麼啦？就算我只是個孩子，也是了不起的源氏本家的八男啊。」
於是他立刻請阿蘇忠國帶路，帶著我方的少數兵力，從頭開始走遍九州的每一座城，光是他十三歲的春天到十五歲的秋天，就打了二十幾場大戰，其他的小征戰則是多得不可計數，足足攻下好幾十座城。到了第三年的年底，整個九州都在他的掌控之下，這次則成了貨真價實的總追捕使。
被為朝打敗後追隨他的大名們，表面上已經降服為朝，心裡卻覺得十分氣憤與懊悔。於是他們悄悄派遣使者前往京都，將為朝來到九州後做的那些無法無天的事，而且在未得到天皇陛下的認可之下，便自封為九州的總追捕使等詳細的情節，寫成一封

譯註9 日本古代的令制國之一，相當於今熊本縣。

信，為了打小報告，還加油添醋地、虛實交錯地列舉了許多為朝做過的事，希望天皇陛下可以早日逮捕為朝，拯救九州人民免於苦難。

天皇陛下非常驚訝，立刻派遣官員將為朝召回京都。不過，為朝表示：

「一定是有人向天皇陛下打小報告。請代我稟報天皇陛下，這全是一場誤會。」

就把官員趕回去了。

由於為朝不肯聽命，天皇陛下覺得很生氣，說是養子不教父之過，便將他的父親為義革職，命他退休。

聽到父親代替自己受罰，為朝的第一個反應是嚇了一跳。

「我並不是害怕天皇陛下的懲罰，才不去京都。不過，我不去京都，卻害上了年紀的父親受到斥責，太可憐了。既然如此，我應該儘快動身前往京都，代替父親接受懲罰才對。」

於是，為朝毫不留戀地拋棄了現在的愉快身分，跟前往九州的時候相同，這次也不帶任何一名家臣，獨自回到京都。然而，長時間追隨為朝，與他形影不離的二十八騎武士，表示無論如何都要跟著為朝，不肯聽命，為朝也不知如何是好，只好帶著他們一起回京都。

因此，從九州跟為朝回來的家臣，只有二十八騎，不過，還是有家臣表示如果不願意讓他們隨行，至少讓他們送到半路，不管為朝怎麼拒絕，走了多遠的路，跟隨在後的大量家臣，數量一直不曾減少。為朝不僅擁有強大的力量，而且十分孝順父親，同時他對任何人都是感情深厚，是一名心地善良的人，才待了三年，就受到許多人的愛戴，幾乎已經是九州的國王了。也不知道是誰起的頭，人們開始稱為朝為鎮西八郎。鎮西表示西方的國度，也是九州的別稱。

三

為朝一心只想早一日解救無法自由出入的父親，急著前往京都。然而，來到京都之後，卻把他嚇了一跳，京都到處都在騷動，人們說戰爭即將爆發，不知所措地到處逃竄。一問之下，才得知現在的天皇陛下後白河天皇[10]陛下，以及之前失去王位，人稱新院的前天皇陛下崇德院大人[11]兩人有所嫌隙，敵我雙方的戰事一觸即發。由於朝廷已經分裂為兩派，身邊的武士自然也分成兩派。這時，源義朝、平清盛[12]、源三位賴政[13]等大名鼎鼎的大將們全都站在後白河天皇這邊，新院這邊也不甘示弱，打算召集強大的大將們，首先赦免遭到軟禁的六條判官為義之罪，讓他成為我方的大將軍。為義已經是七十好幾的老年人，心想在這場天皇之爭裡，自己不管挺那一方都不對，便說：

「請讓我繼續在家裡閉關吧。」

剛開始回絕了對方的請求，不過對方一直不肯放棄，在不得已的情況下，他只好帶著長子義朝以外的所有孩子，進駐新院的皇居。

為朝正好在這場騷動之中回來了。為義也不能像過去那般責罵為朝了。他非常高興地立刻讓為朝加入己方，眾人立刻開始準備出戰。

四

不久，為朝就帶著二十八騎馬的家臣，來到新院的皇居。新院正在煩惱我軍的兵力不佳，一聽說為朝來了，便覺得欣喜若狂，立刻將他叫到跟前，問他，

「你在戰場上打算怎麼調度呢？」

為朝不假思索，以充滿力量的明確口吻說：

「我在九州待了很長一段時間，打了好幾十場仗，不管是我方主動攻打敵人，還是由敵人發動戰爭，利用夜間偷襲是最好的辦法。今天夜裡，我們應該立刻攻向敵方的本營——高松殿，從三方向引火燃燒，這時敵軍只能從單一方向攻過來，我們就在那裡激烈地奮戰吧。這時，我們射箭殺死那些從火場中逃命的人。害怕被射死，

譯註10 一一二七—一一九二。日本第七十七代天皇。在為期間為一一五五—一一五八。

譯註11 崇德天皇。一一一九—一一六四。日本第七十五代天皇。在為期間為一一二三—一一四二。

譯註12 一一一八—一一八一。平安末期的武將。

譯註13 源賴政。一一〇四—一一八〇。平安末期的武將。

逃跑的人，也會被火燒死，喪失性命。無論如何，敵人都像甕中之鱉，無力還擊。與對方同伙的武士之中，只有我的兄長義朝比較棘手，不過我會射箭打倒他。若是清盛等人混在人群之中，向我射出一、兩支軟弱無力的箭，我也會用這副盔甲的袖子撥開。總之，在我的計劃之中，他們撐不到黎明。天還沒亮的時候，就會分出勝負了。請您放心。」

為朝明確地陳述自己的卓見之後，新院及一旁的眾人都想「原來如此。」認為為朝十分可靠。這時，其中一名左大臣賴長[14]嘲笑他，

「別說傻話了。所謂的夜襲，像你們那種二、三十位騎兵的小規模爭執，可能有機會吧，恕我直言，這可是天皇與上皇之間的爭戰，源氏與平家分為敵我雙方，互相較勁的大戰事。可不能用這種卑鄙的手段。我們只能靜待天明，光明正大地一決勝負。」

儘管為朝提出妙計，他也不打算採用。

為朝覺得無趣，卻也認為再吵下去只是無謂之爭，行個禮便退下了。他心裡卻

想著：

「什麼都不懂的公卿，憑什麼插嘴呢，說不定敵方反而會發動夜襲，到時候驚慌失措可就沒輒了。看來這場戰爭已沒有勝算了。算了，我就盡人事知天命，到時候再光榮戰死吧。」

為朝做好覺悟之後，接下來便不再發表意見，安靜地等待敵軍攻過來。

不出他所料，當天夜裡，快要半夜之時，敵軍派出義朝及清盛兩位大將，發動夜襲攻打而來。

賴長沒料到對方竟然會發動夜襲，事到如今才慌了手腳，後悔自己沒聽為朝的話。為了討好為朝，急著求新院任命為朝擔任藏人[15]這個重責大任。為朝則是嘲笑他，果敢地說：

譯註14 藤原賴長。一一二〇—一一五六。平安末期的公卿。

譯註15 相當於天皇的秘書。

「敵軍都已經攻過來了，要是有空做一些雜事，為什麼不早點做好防禦敵軍的準備呢？當不當藏人，我都無所謂。我只是鎮西八郎。」

說完便立刻前往戰場。

為朝率領那二十八名騎兵鎮守西門，由清盛與重盛[16]擔任大將，帶領平家的軍勢攻過來。

為朝見了此景，心想，

「我來嚇嚇平家這些懦夫，把他們趕跑吧。」

趁敵軍依然散亂，尚未攻近之際，把箭搭在弦上，對準敵軍的前鋒射過去，這枝箭精準地射穿了迎面而來的伊藤六[17]的胸膛，貫穿的箭矢還射進後方伊藤五[18]手臂的盔甲上。

伊藤五嚇得拔下那枝箭，帶到清盛面前，那枝箭的箭身比一般箭粗上兩倍，箭頭則像大鑿子。清盛見了那枝箭，便不停顫抖，

「反正又沒人叫我們一定要攻破這道門，我們去攻打其他沒有這種狂野人士的

門吧。」

說著任性的話，夾著屁股逃走了。

接下來，輪到哥哥義朝代替平家而來。義朝想要利用身為兄長的威嚴，劈頭痛罵為朝，讓他心生畏懼，當義朝來到看得見為朝的位置後，便大聲說：

「守在那裡的是八郎吧？哪有人朝著自己的哥哥拉弓呢？快點扔掉你的弓跟箭，向我投降吧。」

為朝笑著反駁：

「如果朝哥哥拉弓是一件壞事，朝著父親拉弓的你，應該比我更壞吧？」

義朝也只能乖乖閉嘴，默不作聲。後來，他氣到失去理智，瘋狂地向我軍下令，要他們拚命射箭。

譯註16 平重盛。一一三八—一一七九。平安末期的武將。平清盛之子。

譯註17 藤原忠直。生年不詳—一一五六。平安時代後期的武士。

譯註18 藤原忠清。生年不詳—一一八五。平安時代後期的武士。

為朝見狀，心想只要把大將義朝射下來，就能分出勝負了。於是他把箭搭在弦上，對準了義朝。

「瞄準那仰著頭的脖子吧。雖然他穿著厚重的盔甲，不過射穿盔甲之下的胸膛，倒也不是一件難事。」

為朝心裡思忖著，打算立刻將箭射出去，不過他又想起一件事，

「不對，等一下。就算是敵人，他還是我的哥哥。如今，儘管我們父子分成兩個陣營，說不定父親與哥哥有什麼秘密協定，不管哪一方輸了，都要彼此協助。」

於是他刻意錯開準心，射向義朝的頭盔。那枝箭削過頭盔的釘子，又射穿了後方的門，一片足足有七、八寸厚的門板。光是這枝箭就讓義朝全身顫抖，他一樣逃往其他的門去了。

就這樣，為朝獨自靠著箭術，沒能讓任何人接近他鎮守的門，不過對方的人數佔了優勢，而且還是趁我方大意之時，發動夜襲，原本的氣勢就不一樣。後來，其他的門終於被逐一擊破，最後更是全面潰敗。

事情發展至此，單憑為朝的一人之力，也無力回天。二十八名騎兵也失散各處，所以他獨自逃到近江[19]一帶。

後來，新院也遭到逮捕，流放到讚岐國[20]，賴長則是在逃亡的途中，遭到亂箭射死。

以父親為義為首的兄弟們，全數遭到逮捕與斬首。

其中，只有為朝一直沒遭到逮捕，躲在近江的鄉下，戰爭之時，手肘受到的箭傷腫了起來，疼痛不已，有一回，他去附近泡溫泉，打算療養箭傷。這時，一直在打探為朝下落的平家追兵，趁著為朝大意之時，召集眾多兵力偷襲，終於逮捕他。

後來，為朝被帶到京都，原本應該遭到斬首問罪，天皇陛下耳聞為朝的英勇事蹟後，說：

譯註19　日本古代的令制國之一，相當於今滋賀縣。
譯註20　日本古代的令制國之一，相當於今香川縣。

「輕易殺死這樣的勇士，太可惜了。能不能放他一馬呢？」

便赦免為朝的死罪，並挑掉他的手筋，讓他無法再拉動強而有力的弓箭，再把他流放到伊豆的大島。

手筋被挑掉之後，為朝拉弓的力氣變弱了，不過手筋又長回來了，他反而能把箭射到更遠的距離。

五

為朝到了大島之後，便說：

「我是八幡太郎之孫。這座島是天皇陛下賜給我的。」

把整座島打下來，歸為己有。不久，躲在各地的為朝家臣們，接二連三地趕過來，追隨為朝。

「雖然這裡比九州小，又能再次建立為朝的國家了。」

說著，為朝在這裡一樣展現國王的威嚴。

一回，為朝來到海邊，眺望著遙遠的海浪，從那裡飛來兩隻鳥，分別是白鷺與蒼鷺，從岸邊飛到海上。為朝看著牠們飛翔的景象，說：

「我並不是很懂鳥，不過像鷺這種翅膀沒什麼力量的鳥，頂多只能飛行一里[21]或兩里吧。看到牠們飛到那個方向，距離這裡不遠的地方，肯定有一座小島。」

於是他跳上小船，朝著方才鷺飛行的方向，不斷地往前划。

他划了一整天，划到太陽沒入海平面，卻沒能找到一座像樣的島嶼。幸好夜裡的月色明亮，他繼續往前划，到了黎明時分，總算看到島嶼的輪廓。

為朝持續往前進，岸邊是陡峭的岩壁，而且浪潮洶湧，沒辦法停靠小船。他不停地往前繞，好不容易才找到一處平坦的沙洲，那是一條從島上流出來的小河。

為朝從那裡上岸，不斷深入前進島內，那是一處以岩石層層疊疊構成的土地，既沒有水田，也沒有旱田。隨處長著他不曾見過的草木，開著氣味珍奇的花朵。

譯註21　一里約為三・九公里。

不管他走了多久，都不曾看見人家，後來，不知道打哪兒冒出來一個動作慢吞吞，身高約一丈[22]的高大男子。男子的身體漆黑，身上長滿茸毛，一頭火紅的頭髮，宛插在頭上的針。

為朝覺得不可思議，便問高大男子，

「這是什麼島呢？」

男子回答：

「這裡是鬼島。」

為朝覺得更稀奇了，問道：

「你是鬼嗎？還是你的祖先是鬼呢？」

「沒錯。我們是鬼的子孫。」

「如果這裡是鬼島，應該有寶物吧？」

「以前，我們還是真正的鬼的時候，曾經擁有隱形斗篷、隱形斗笠、能浮在水面的鞋，如今，我們已經成了半人半鬼，那些寶物，也在不知不覺中不見了。」

「你們去過別的島嗎？」

「從前，我們沒有船也可以直接去其他的島嶼捉人，現在我們還是沒有船，就算偶爾會有船被風吹過來，不過海浪太洶湧了，在上岸之前，會先撞到岩石，全都撞碎了。」

「你們吃什麼維生？」

「吃魚或鳥。魚會自己跳到岸上。挖一個洞，躲在裡面學鳥叫，鳥就會上當，飛進洞裡。我們再抓來吃。」

說著說著，空中飛來許多像棕耳鵯的鳥。為朝將箭搭在隨身攜帶的弓上，瞄準鳥射擊，一箭便射下五、六隻鳥。

島上的高大男子還是第一次見到弓箭，看得目不轉睛，看到箭將空中的飛鳥射下來，更是嘖嘖稱奇，敬畏萬分。將為朝當成神明一般崇拜著。

譯註22 約三公尺。

為朝平定鬼島之後，又拚命划著小船，很快地，便將伊豆的其他島嶼，全數歸為己有。他從鬼島帶回一名高大男子，帶到大島來。

大島的人得知為朝划著小船出發，一直沒回來，正在尋思不知道發生什麼事了，有一天，他竟然帶著可怕的鬼突然回來，把大家都嚇了一大跳。

六

就這樣，不到十年的期間，為朝已經攻陷許多島嶼，悉數據為己有，彷彿海中之王，氣勢逼人。為了為朝被放逐到大島的官員，這下則是心生不滿，一回，他上訪京都請訴，說是為朝擅自奪取伊豆七島，從鬼島帶了鬼過來，胡鬧一番，要是置之不理，可能很快就會策動叛變。

天皇陛下非常驚訝，命令伊豆的國司[23]狩野介茂光[24]率領大軍，以二十幾艘船攻下大島。

為朝在岸上遠眺著敵軍的船帆，嘲笑著大軍，說：

「好久沒試試身手了。」

將長箭搭在之前的強弓上，瞄準了最前方的大船的船身，射出一支箭。結果船身開了一個大洞，在滿載士兵的情況下，隨著泡泡沉入海裡。敵軍慌亂地沉進海裡，手忙腳亂，陷入混亂的騷動之中。

接著，為朝本來想再射出第二支箭，看到眾多沉船的敵軍，在水裡載浮載沉，努力掙扎的模樣，突然覺得十分可憐，便說：

「他們只是聽從命令，前來征伐為朝，跟我本是無冤無仇。我實在是不忍心隨便取走他們的性命。就算我現在擊退了敵人，也不可能成為朝廷逆賊，持續反抗到底。仔細想想，反正我也做了許多有趣的事情，已經死不足惜。只要我現在獨自死去，就能拯救眾多的性命吧。」

譯註23 中央派遣至地方的官員。

譯註24 工藤茂光。生年不詳—一一八〇。平安末期的武將。

於是，為朝直接回家，走進自己的起居室，安靜地切腹自盡了。

後來，其他敵軍畏畏縮縮地登島一看，發現為朝已經自行離開人生的舞台，再次感到震驚不已。

牛若與弁慶

突如其來的攻擊，讓弁慶一臉狼狽，不過他仍然舉起薙刀往前刺進欄杆。牛若則動作輕盈地跳到弁慶背後。

一

從前，源氏與平家曾經發生一場戰爭，正常雙方打得不分軒輊之時。源氏的大將義朝，除了惡源太義平[1]與賴朝之外，還有今若[2]、乙若[3]、牛若[4]等三個孩子。最小的牛若剛出生之時，源氏的戰況陷入困境。義朝戰敗後，在流亡途中，為家臣長田忠致[5]所殺。

平家的大將清盛，害怕源氏前來尋仇，命人找到義朝的孩子，格殺勿論。

義朝的夫人常盤御前[6]帶著三個孩子，躲在大和國[7]的偏僻鄉下。

清盛拚命地尋找常盤，卻苦尋不著，便抓住常盤的母親關屋，每天嚴格訊問，「快說，常盤在哪裡？不說就殺了你！」

常盤聽了這個消息，心想：

「不能害母親被殺害。孩子們的年紀還小，即使我出面，只要我努力請求，說不定可以保住他們的性命。」

那時正值冬季，下了很多雪。常盤將牛若抱在懷裡，牽著乙若，在大雪之中前行。今若則跟在她的後頭。

費盡千辛萬苦，常盤好不容易來到清盛所在的京都六波羅宅邸，她說：

「我是您在找的常盤。我帶著三個孩子來了。您可以殺了我，只求您放過我的母親。如您所見，孩子們還這麼小，請您饒過他們一命吧。」

見到她們母子令人心疼的模樣，就連清盛都深感同情，聽從她的願望。

於是，他保住今若與乙若的小命，將他們送進寺廟。牛若尚在襁褓之中，所以允許他留在母親身邊，不過，等他長到七歲，也會把他送到鞍馬山的寺廟裡。

譯註1　源義平。一一四一—一一六〇。平安末期的武將。又稱鎌倉惡源太。

譯註2　阿野全成。一一五三—一二〇三。平安末期的僧侶。

譯註3　源義圓。一一五五—一一八一。平安末期的僧侶。

譯註4　源義經。一一五九—一一八九。平安末期的武將。

譯註5　生年不詳—一一九〇。平安末期的武將。

譯註6　一一三八—卒年不詳。源義朝的側室。

譯註7　日本古代的令制國之一，相當於今奈良縣。

不久，牛若逐漸懂事了。聽說父親乃是遭到平家所害，他氣憤得哭了。

「每天都唸這些什麼經，就只能當和尚了。我要學習劍術，成為了不起的大將。還要滅絕平家，為父親報仇雪恨。」

牛若心想著，突然萌生學習劍術的念頭。

鞍馬山的深處，有一座僧正谷。這裡長著茂密的松樹與杉樹，即便是正午時分，陽光也幾乎照不進來。牛若打算獨自一人練習劍術，每天夜裡，等眾人熟睡之後，他便悄悄離開寺廟，前往僧正谷。他把那裡一整排的杉樹當成平家一門，把其中最大的一棵樹取名為清盛，拿小木刀用力砍個不停。

一天夜裡。牛若一如往常來到僧正谷練劍，不知道打哪兒冒出來一個鼻子非常高挺，身材高大，必須抬頭仰望的壯漢，他拿著羽毛扇子，無聲無息地現身。然後安靜地看著牛若的動作。牛若覺得怪異，說：

「你是誰？」

男子笑著說：

「我住在僧正谷。你的劍術太差了，我實在是看不下去。從今晚開始，讓我來教你吧。」

「謝謝。請你教我吧。」

牛若揮舞著木刀攻擊。天狗則以羽毛扇子輕鬆還擊。

從這個時候起，天狗每天晚上都指導牛若劍術。

牛若的劍術愈來愈強了。

不久，有人向和尚告密，說牛若每天深夜都會去僧正谷，向奇怪的人學習劍術。

和尚非常驚訝，立刻把牛若找來，打算讓他剃度出家。牛若說：

「我不要。」

突然拿起小刀，用可怕的表情瞪著和尚。

和尚被他的氣勢壓倒，取消了為他剃度出家之事。

牛若心想，以後一定還會再聽到：

「你去當和尚。」

之類的話，有一天，他悄悄離開鞍馬山，前往京都。

這時，牛若已經十四、五歲了。

二

同時，在京都北方的比叡山，有一個孔武有力的和尚，名叫弁慶。弁慶在出生之前，就在母親的腹中待了十八個月，出生之時，已經跟三歲大的孩童差不多了，長滿了頭髮，還接連長出大大的牙齒。而且很快就學會說話了。

「啊，好亮啊。」

他從母親肚子裡蹦出來的時候，竟然開口說了這句話，據說他說完就開始走路了。他的母親覺得他不正常，待他長大之後，立刻把他送進寺廟裡。即使被送進寺廟，他本來就是一個性子暴躁的人，而且力量還大得驚人，只要一點小事不順心，他就會揍其他的和尚。甚至還有和尚被他打死。大家提起弁慶的名號，就嚇得直發抖。

後來，比叡山西塔有一個名叫武藏坊的寺廟和尚過世了，弁慶就據地為王，自稱西塔的武藏坊弁慶。

有一回，弁慶心想，

「凡是寶貝，都要擁有一千個吧。奧州的秀衡[8]擁有一千匹馬，還有一千副盔甲。九州的松浦太夫擁有一千把弓和一千個箭筒。我也來蒐集一千把刀吧。去京都蒐集的話，一定能輕鬆達成目標。」

弁慶心想著，便在黑糸威[9]的盔甲上，套上深黑色的僧衣，包著白色頭巾，拄著薙刀，每天晚上都站在五条大橋的橋邊。看到佩戴著上好刀劍的人出現，就會立刻跳出去把刀子搶走。想要逃走，或是不肯乖乖交出刀劍的人，則會被薙刀絆倒。

後來，每天晚上都有大和尚出沒與搶刀的傳聞就愈來愈有名了。

也有人說那不是和尚，而是天狗。大家都很害怕，所以天色變暗之後，再也沒人

譯註8 藤原秀衡。一一二二—一一八七。平安末期的武將。

譯註9 以黑線縫合的盔甲。

敢經過五条大橋。

一回，弁慶取出他搶來的刀，一算之下，發現正好是九百九十九把。弁慶非常高興，自言自語地說：

「太好了，太好了，再一把就能湊齊一千把了。最後一把一定要搶到最棒的刀。」

當天晚上，他特地去參拜五条的天神大人[10]，祈求：

「再一把刀就湊齊一千把了。請您賜我最棒的刀吧。」

接著，他一如往常地站在五条大橋旁。

三

牛若聽說五条大橋大盜的傳聞，心想：

「哼，很有趣嘛。不管是天狗還是惡鬼，我一定要打敗他，讓他當我的家臣。」

那是一個月色皎潔的夏夜。牛若先套上輕便的盔甲，再穿上直垂[11]。佩戴著鍍金裝飾的刀子，一邊吹著笛子，走到五条大橋上。

站在橋下的弁慶聽見遠方傳來的笛聲，逐漸往橋邊接近，心想，

「來了。」

他在原地等候。不久，笛聲愈來愈近，一名膚色白皙、長相俊美的少年走了過來。

弁慶十分喪氣，

「什麼嘛，原來是個孩子。」

隨後發現他佩戴的刀子，心想：

「哦，這個好。」

弁慶跳到橋的正中央，阻擋了牛若的去路。牛若停止吹笛，說：

「別擋路。閃邊去。」

弁慶笑著說：

譯註10 指菅原道真之寺。八四五—九〇三。

譯註11 一種武士穿著的外衣。

「把刀子給我。我就閃人。」

牛若心想：

「這傢伙就是刀子大盜吧。好啊，先整整他吧。」

「想要的話，我可以給你，不過，我可不會輕易送你哦。」

說著，牛若狠狠瞪著弁慶。

弁慶也不耐煩了，用可怕的表情說：

「要怎麼做，你才肯給我？」

牛若說：

「用盡全力來跟我搶啊。」

弁慶滿臉通紅，說：

「什麼？」

突然舉起薙刀側砍。牛若則迅速地往後一躍，跳到兩、三間遠的地方。弁慶略顯驚訝，再次提刀砍過去。牛若則輕巧地跳到橋的欄杆上，拿起插在腰間的扇子，朝向弁慶的眉心打過去。突如其來的攻擊，讓弁慶一臉狼狽，不過他仍然舉起薙刀往前刺進欄杆。牛若則動作輕盈地跳到弁慶背後。趁弁慶急著拔出薙刀的空檔，從他的背後用力往前一推。

弁慶就這樣往前撲到五、六間遠的地方，整個人撲倒在地。

牛若立刻騎在他的身上，說：

「怎麼樣？認輸了沒？」

弁慶氣憤難耐，本來想要跳起來，卻像是被一顆沉重的大石頭壓住似地，動彈不得，嗚嗚嗚地掙扎。牛若騎在他的背上說：

「怎樣樣？要不要投降，當我的家臣啊？」

弁慶被他的氣勢壓迫，一時之間說不出話來，最後回答：

「是的，我認輸。我願意成為你的家臣。」

「好乖，好乖。」

牛若說著，讓弁慶站起來。弁慶雙手撐在地上，以跪姿說：

「我一直以為我很強，可是根本比不上您。請問您究竟是誰呢？」

牛若得意地說：

「我是牛若。」

弁慶大吃一驚，說：

「您就是源氏的少主吧。」

牛若說：

「沒錯，我是佐馬頭義朝的么子。你是誰？」

「怪不得您的身手非凡。我叫做武藏坊弁慶。擁有像您這樣了不起的主公，正是我的心願。」

就這樣，牛若與弁慶立下主從的堅定誓約。

四

不久，牛若就元服了，名為九郎義經。後來協助兄長賴朝，滅了平家一門。

弁慶總是隨著義經征戰，立下許多戰功。後來，義經與賴朝交惡，出奔奧州之時，弁慶也不曾背棄義經，盡忠盡義。最後，他在奧州的衣川這個地方，為了義經戰死沙場。當時，箭矢射滿了他的身體，他仍然瞪視著敵人，就這樣死去了，所以人們說弁慶立往生[12]，嘖嘖稱奇。

譯註12 指站著死去。

輯四

諸國物語

浦島太郎

浪潮聲逐漸遠去，他宛如置身於夢境之中，被帶往又青又藍的水底，後來，眼前突然一片光明，他看到一條連綿不斷，宛如白玉的砂石鋪成的道路，通往氣派的大門。

一

從前從前，丹後國[1]的水江浦，有一個叫做浦島太郎的漁夫。

浦島太郎每一天都會出海釣魚，釣一些鯛魚、或是鰹魚，扶養他的父親與母親。

一天，浦島一如往常地出海，釣了一整天的魚才回來。回家的路上遇到五、六個小孩吵吵鬧鬧地聚在馬路上。浦島好奇地窺探，看到他們捉住一隻年幼的烏龜，或用木棒戳刺，或拿石頭敲打，用各種方式欺凌牠。浦島實在是看不下去，阻止他們，

「喂，你們乖，別對牠做出這麼可憐的事嘛。」

孩子們只把他的話當成耳邊風，說：

「幹嘛？幹嘛？你想替牠說話嗎？」

說著又把小烏龜翻成四腳朝天，用腳踢，又埋在土裡。浦島覺得愈來愈同情，說：

「不然叔叔給你們零用錢，把小烏龜賣給我吧。」

孩子們說：

「嗯，嗯，如果你肯給錢，那就送你吧。」

說完便伸出了手。於是浦島付了錢，收下了小烏龜。

孩子們說：

「謝謝叔叔。下次再跟我們買吧。」

說完便嘻嘻哈哈地離開了。

後來，浦島動作輕柔地摸了烏龜悄悄從龜殼裡探出來的脖子，說：

「真是的，你差點就要沒命了。好了，快點回家吧，回家囉。」

他特地將烏龜帶到海邊，將牠放進海裡。烏龜似乎非常開心地動動脖子跟手腳，不久便吐著泡泡，潛進了深海之中。

兩、三天後，浦島再次划船出海釣魚。他划到遙遠的海面，努力地釣著魚，這時後方突然傳來一個聲音。

「浦島先生，浦島先生。」

譯註1　日本古代的令制國之一，約為今京都北部。

他覺得奇怪，回頭一望，卻不見任何人影。卻發現一隻烏龜，不知道什麼時候來到他的小船邊。

浦島露出不可思議的表情，烏龜便說：

「我是前幾天承蒙您搭救的烏龜。我今天是來向您道謝的。」

這可把浦島嚇了一大跳。

「哦，這樣啊。一點小事，不用特地來道謝啦。」

「不過，我真的很感謝您。對了，浦島先生，請問您見過龍宮嗎？」

「沒有，我聽說過，卻不曾親眼見過。」

「那麼，請讓我帶您一覽龍宮，做為我的謝禮吧。」

「哦，聽起來很有趣耶。我真的很想去，不過那是不是在海底呢？我要怎麼去呢？我可沒辦法游到那種地方啊。」

「您別擔心這種小事。請坐到我的背上吧。」

說著，烏龜背對著他。浦島總覺得心裡不太舒坦，還是乖乖聽牠的話，爬到烏龜的背上。

烏龜立刻乘風破浪，迅速往前游。浪潮聲逐漸遠去，他宛如置身於夢境之中，被帶往又青又藍的水底，後來，眼前突然一片光明，他看到一條連綿不斷，宛如白玉的砂石鋪成的道路，通往氣派的大門。大門深處閃閃發亮，高高聳立著令人目眩神迷的金銀屋瓦。

「我們來到龍宮了。」

說著，烏龜把浦島放下來，又說：

「請您稍等一下。」

便走進門裡去了。

二

不久，烏龜又走出來，

「請跟我來。」

帶著浦島走向大殿。在鯛魚、比目魚跟鰈魚等各種魚類，充滿好奇目光的環視之下走進去，乙姬大人帶著許多侍女出來迎接他。於是，浦島便隨著乙姬大人，不斷往深處前進。大殿有著瑪瑙製成的天花板，珊瑚製成的柱子，走廊則鋪滿了琉璃。他畏畏縮縮地踩上去，聞到不知來自何方的香氣，還聽見令人愉悅的樂聲。

不久，他終於來到在水晶牆上鑲嵌著各式寶石的宴會廳。

乙姬大人說：

「浦島先生，歡迎光臨。非常感謝您在前幾天救了烏龜一命。我實在是沒什麼東西好招待您，請您慢慢玩吧。」

語畢，非常客氣地向他行禮。隨後，以鯛魚為首，鰹魚、河豚、蝦子、章魚等大大小小各式各樣的魚類，端來堆積如山的山珍海味，開始了熱鬧的酒宴。美麗的侍女們則是又唱歌又跳舞。浦島覺得自己彷彿在夢境之中，做著一場美夢。

享用完美食之後，浦島又在乙姬大人的帶領之下，逛遍大殿的每一個角落。每一間房間，都裝飾著稀有的寶石，美得難以形容。逛完一圈之後，乙姬大人說：

「接下來請您看看四季的景色變化吧。」

首先打開了東門。那裡是春季的景色，在一片氤氳的霧氣之中，盛開的櫻花美得宛如一幅畫。翠綠的柳枝隨風起舞，小鳥在其間鳴啼，蝴蝶在其中飛舞。

接下來，拉開了南門。那是夏季的景致，齒葉溲疏在石牆邊開著白花，院子裡的樹葉青綠，蟬與暮蟬鳴叫著。池塘裡，紅色與白色的蓮花盛開，蓮葉上結著宛若水晶珠一般的露珠。美麗的漣漪打在池畔，鴛鴦與鴨子飄浮在水面。

接下來開啟的是西門。那是秋季的花圃，黃菊花與白菊花爭相綻放，香氣迷人。眺望遠方，則是一片宛如燃燒似的火紅楓樹林，林子深處揚起一陣白霧，傳來鹿隻哀傷的叫聲。

最後打開的是北門。門後是冬季的景色，枯葉散落在原野之上，冰霜在葉片上閃爍著。從山峰到溪谷，都被雪白的大雪覆蓋，燒柴的煙霧冉冉升起。

不管看到什麼，浦島都驚嘆得說不出話來。不久，他的意識愈來愈模糊，就像個酒醉的人，把一切都遺忘了。

三

每一天都接二連三地看到一些有趣的、稀奇的玩意，龍宮實在是太好玩了，浦島把一切都拋諸到九霄雲外，悠悠忽忽地玩樂度日，不知不覺就過了三年的歲月。

到了第三年春天，浦島偶爾會如夢似幻地想起那遺忘許久的故鄉。在煦煦春陽照射之下的水之江的海濱，漁夫們活力十足唱著船歌，一邊拉著漁網或是划著小船的模樣，總會清晰地出現在他的夢中。事到如今，浦島終於想起，

「不知道爸爸跟媽媽現在怎麼了？」

這時，他已經迫不及待，坐立難安。他一心只想回家。即使繼續待在這個地方聽歌、看舞，他也擺出一副無趣的表情，若有所思。

見了他的模樣，乙姬大人非常擔心，問道：

「浦島先生，請問您覺得哪裡不舒服嗎？」

浦島吞吞吐吐地說：

「不是的，沒那回事。老實說，我想回家了。」

乙姬大人突然露出非常失望的表情。

「唉，真是太可惜了。不過，看了您的表情，我明白已經留不住您了。好吧，請您回去吧。」

乙姬哀傷地說著，從房裡拿出一個裝飾著漂亮寶石的箱子。

「這叫做玉手箱，裡面放著人類最重要的寶物。我把它送給你，做為離別的紀念品，請您帶走吧。不過，如果您想再次回到龍宮，不管發生什麼事，請您都不要打開這個箱子。」

她再三交待後，把玉手箱交給浦島。浦島說：

「好的，好的，我一定不會打開。」

他將玉手箱夾在腋下，走出龍宮的大門，乙姬大人再次率領眾多侍女，目送他走到門外。

之前那隻烏龜早已在外面等候。

浦島心裡又是高興又是難過，只覺得感慨萬千。當他坐到烏龜的背上時，烏龜立刻乘風破浪地往上游，很快就抵達原來的海邊了。

「浦島先生，再會了，請多多保重。」

烏龜說完，又潛進水底了。浦島目送著烏龜離去，看了好半晌。

四

浦島站在海邊，花了一些時間環顧周遭。春陽溫暖又和煦，他用模糊的視線眺望整片大海，不知打哪兒傳來熱鬧的船歌。這片景色，與他在夢中所見的故鄉海灘別無二致。不過，仔細一看，可以發現附近的模樣似乎有了一些變化，他碰見的每一個人，全都是他不認識的陌生面孔，對方也擺出一副難以理解的表情，一直打量著他，也沒向他搭話就走了。

「真奇怪啊。短短三年的時光，大家應該不會離開吧？算了，我還是趕快回家好了。」

浦島自言自語著，走向自家的方向。然而，原本應該是他家的地方，卻早已長滿了雜草與蘆葦，連間房子的影子都沒有。甚至不曾留下一絲曾經蓋過房子的痕跡。他的爸爸跟媽媽到底發生什麼事了呢？浦島一直反覆地說：

「太奇怪了。太奇怪了。」

露出像是遇到狐狸惡作劇般的驚訝表情。

這時，旁邊走來一名步履蹣跚的老婆婆，拄著楞杖走過來。浦島立刻問她：

「老婆婆，請問一下，浦島太郎的家上哪去了呢？」

老婆婆似乎非常訝異，撐著厚重的眼皮，直盯著浦島的臉瞧，一邊說：

「哦，浦島太郎。我不認識這一號人物哦。」

浦島有點生氣，說：

「怎麼可能。我以前確實住在這邊啊。」

聽了這句話，老婆婆歪著頭說：「怪了。」柱著楞杖挺起身子，想了一會兒，不久，她敲擊膝蓋說，

「啊，對了，對了，提到浦島太郎，那已經是三百年前的人了。我小時候經常聽到

他的故事，從前從前，在這水江的海濱，曾經有個人叫做浦島太郎，有一天，他划船出海釣魚，就再也沒回來過了。大概是去了龍宮吧。這可是很久很久以前的故事了呢。」

說完，她再次彎著腰，以蹣跚的步履離開了。

浦島嚇了一大跳。

「什麼？三百年？太奇怪了吧。我明明才在龍宮待了三年，竟然成了三百年。也就是說，龍宮的三年相當於人界的三百年吧。難怪連屋子都不見了，爸爸跟媽媽也早就不在了。」

想著想著，浦島突然感到非常傷心、寂寞，只覺得天旋地轉。事到如今，他十分懷念龍宮。

他失魂落魄地回到海邊，海水依然無邊無際，幾乎看不到盡頭。烏龜也不再出現了，他根本不知道要用什麼方式前往龍宮。

這時，浦島突然想起夾在腋下的玉手箱。

「對了。只要打開這個箱子，也許就能知道方法。」

想到這一點，浦島覺得非常開心，不小心把乙姬大人的叮嚀拋到九霄雲外，打開箱子的蓋子。於是，從裡面裊裊升起一陣紫色的雲霧，罩在他的臉上，旋即消失無蹤，只見箱子裡空無一物。取而代之的是，他的整張臉爬滿了皺紋，手腳都縮小了，他仔細端詳映照在潔淨水邊的倒影，頭髮跟鬍鬚都一片雪白，他已經變成一個可愛的老爺爺。

浦島探向已經空無一物的箱子，遺憾地輕語，

「原來如此，乙姬大人所說的人類最重要的珍寶，指的就是人類的壽命吧。」

春季的海洋無邊無際，絢爛迷人。他再次聽見某處傳來以美麗音色唱頌的船歌。

浦島只是恍然若失地，回想起往事。

天鵝

伊香刀美也明白少女在打什麼主意，把羽衣藏了起來，不讓少女找到。少女幾乎每天都眺望著天空，悄悄地發出悲傷的嘆息。

從前，在近江國的余吳湖附近，有一座蕭條的村子，那裡住著一名叫做伊香刀美的漁夫。

一個晴朗的春天早晨。伊香刀美一如往常，往湖水的方向走，準備去打魚。在前往山上的半路，方才還陽光普照的明亮藍天，突然轉陰了，附近有點昏暗。他心想：「咦？雲變多了嗎？」抬頭仰望，伊香刀美的頭頂上方，正好有一朵類似白雲的物體，而且逐漸擴散，變得愈來愈大，看起來似乎快要掉到他的頭上了。

伊香刀美覺得不可思議，自言自語說：

「這是什麼？如果是雲的話，未免太奇怪了吧？」

他一直盯著白色的物體瞧，那個東西像是要穿越伊香刀美的頭頂一般，毫不費力地移動著，逐漸往下移動，一直流向余吳湖的方向。不久，在湖面映射著閃耀的春陽之下，輕飄飄地往下滑落的白色物體總算顯現牠們的模樣。八隻天鵝展開如雪般白的翅膀，安靜地降落。伊香刀美嚇了一跳，說：

「哇，好厲害的天鵝啊。」

他忘我地努力衝下危險的山坡路，追逐著天鵝，往湖的方向跑去。好不容易來到湖邊，卻怎麼也找不到天鵝的蹤影。伊香刀美非常沮喪，失魂落魄地四處張望。這時，宛如融化的水晶一般澄淨的湖水之上，不知打哪來了八位少女，開心地游泳嬉戲。

少女們似乎絲毫不知世上的可怕之物，天真無邪地在水中坦露著她們美麗的肌膚。伊香刀美「啊」地叫了一聲，呆立原地，看傻了眼。不知打哪兒傳來一股美妙的香氣，傳進他的鼻子裡。同時，他的耳朵聽見安靜的松風聲中，夾雜著輕薄絲絹摩擦的聲音。

伊香刀美回過神來，轉頭一望，在他正後方的松樹枝上，掛著他不曾見過的美麗雪白衣物。伊香刀美覺得不可思議，湊近一瞧，總共有八件美麗的衣服，宛如鳥張開羽翼似的，拖著長長的衣襬。隨著微風輕拂，衣服們發出隱約的聲響及怡人的香氣。

伊香刀美很想擁有這些衣服。

「真是稀奇的東西。肯定是剛才那些天鵝們脫下來的衣服。所以八名少女是天女，這一定是古代傳說中的天之羽衣吧。」

他喃喃自語地說，同時悄悄取下一件羽衣，打算帶回家，當成珍寶好好收藏。不過，水裡的少女們接下來會如何呢？他想要繼續觀察情況，所以將羽衣悄悄夾在腋下，躲在樹後面察看。

八位少女又在水裡待了一段時間，悠閒、愜意地，像魚兒一般游泳，又如小鳥一般舞動，盡情地玩耍、嬉戲，不久，終於有一個人上岸，第二個人上岸，來到松樹下，取回各自的羽衣，穿在身上。每一位穿上衣服後，都展開羽衣，飛走了。

當七名少女化為天鵝，飛進天空中後，最後一名上岸的第八位少女，根本找不到自己的羽衣。唯有松風發出寂寥的音色。這時，少女說：

「我的羽衣到哪去了？」

她焦急地四處尋找。這時，她的七名少女同伴們，早就飛到天上，一眨眼的工夫，早已迅速前進，飛到遙遠的地方了。

「怎麼辦？要是沒有羽衣，我就不能回到天上了。」

少女一臉沮喪，欣羨不已地仰望天空。只見湛藍的晴朗天空中，有幾個白色的小點，少女的同伴們已經在不知不覺中，來到了幾乎都快要看不清楚的遙遠距離，只看見其間隔著一層又一層的春季霧靄。「我回不了天上。也沒辦法住在人間。該怎麼辦才好呢？」失去羽衣的少女跺著腳悲嘆。打從剛才就躲在暗處窺視情況的伊香刀美也覺得少女十分可憐，慢吞吞地走出來，說：

「妳的羽衣服在我這裡。」

他突然開口說話，把少女嚇了一跳。當她看見來者是人類，再度受到驚嚇，慌張地差點要逃走了。不過，當她看到夾在伊香刀美腋下的羽衣後，突然又清醒了，笑著說：

「好高興哦。謝謝你願意把它還給我。」

她伸出手，準備接過羽衣。不過伊香刀美原本抱著羽衣的手，突然又藏到身後了，他說：

「雖然我覺得妳很可憐，不過我不能還給妳。這可是我珍貴的寶物。」

伊香刀美本來很同情她，打算交還羽衣，不過他突然喜歡上這名美麗的少女，捨不得就此與她道別。

「請您別這麼說，把它還給我吧。要是沒有它，我就不能回天上了。」

說著，少女撲簌簌地流下淚水。

伊香刀美說：

「可是，我不想讓妳回到天上。請來我家吧。讓我們一起過著快樂的生活吧。」

接著，他帶著羽衣，頭也不回地往前走。少女無計可施，只好表情哀傷地跟在他後頭。

在羽衣的引導之下，少女總算是去了伊香刀美的家。跟伊香刀美與他的母親一起生活。不過，她一直想要回到天上，只要找到機會，她打算拿回羽衣之後逃跑。伊香刀美也明白少女在打什麼主意，把羽衣藏了起來，不讓少女找到。少女幾乎每天都眺望著天空，悄悄地發出悲傷的嘆息。

二

就這樣過了三年。

一天，伊香刀美比平常更早出門打魚。少女跟伊香刀美的母親聊天，母親突然提起，

「妳來到這裡，已經三年了。時間過得真快啊。」

少女又輕輕嘆了一口氣，說：

「日子真的過得很快。」

「現在，妳還是很想回到天上嗎？」

少女回答：

「是的，剛開始，我真的很想回天上，不過我現在已經習慣人界的生活了，已經愛上這個世界了。」

同時不經意地說：

「對了，媽媽，當時的羽衣怎麼了呢？伊香刀美先生好像把它收起來了，我一直在想，過了這麼久的時間，衣服不知道有沒有受損呢。媽媽，要是方便的話，可以讓我看看嗎？拜託您了。」

伊香刀美曾經嚴格地告誡母親，不管發生什麼事，都不能讓少女看到羽衣，所以她拚命搖頭，說：

「那可不行。」

少女睜著宛如赤子的大眼睛，以一種不可思議的表情問：

「為什麼不行呢？」

「因為，只要讓妳看到羽衣，妳就會穿上羽衣，回到天上了吧。」

「我剛才不是說過了嗎？我已經愛上人類的世界了。媽媽，拜託您，讓我看一眼就行了。」

少女不斷向母親撒嬌與請求。見了她可愛的模樣，母親也覺得似乎該照她的話做。母親說：

「好吧，只能看一下下哦。別跟伊香刀美說哦。」

說著，母親取出收藏在櫥櫃深處的箱子。少女的心跳加速，悄悄窺視著，母親則輕輕地打開箱子的蓋子。裡面飄出怡人的香氣，羽衣依舊完好如初，整齊地折好，放在裡面。

「哇，一點都沒變呢。」

少女的眼睛綻放光采，看著羽衣說：

「不過，該不會有什麼地方受損了吧？」

她伸手拿起箱子裡的羽衣。母親叫了聲「欸。」還來不及阻止，少女已經動作迅速地套上羽衣，就這樣輕巧地飛了起來。

「啊，糟啦。」

母親伸長了雙手，想要抓住她。不過少女已經飛往更高的天空中了，不久就再也見不到她的身影。

伊香刀美回家之後，不知該有多沮喪呢。如同三年前，少女在湖畔做的事，後悔得直跺腳吧，不過，可愛的白色鳥兒的身影，已經隱身在浩瀚無窮的天空中的某一處，在天與地之間，湧現一層又一層的濃密霧靄，春日就在這樣的情況下西沉了。

捨姨山

他順利回家了，坐在簷廊下，一個人安靜地眺望著山上的明月時，他再也無法保持平靜，不禁悲從中來，再也無法忍住淚水，任憑眼淚不斷滑落。

一

從前，信濃國[1]有一名主公。這位主公非常討厭老公公與老婆婆。他說：

「老人髒到讓人看不下去，對國家一點好處都沒有。」

於是他將年過七十的老人全都流放到島上。流放的島嶼根本沒有什麼食物，就算有食物，對於行動不方便的老人來說，也無法自行取食，所以大家被流放之後，通常很快就死掉了。全國的人們都感到很悲傷，怨恨著主公，卻又無計可施。

在信濃國有一個叫做更科的地方，有一名與母親相依為命的農民。不過，他的母親今年即將滿七十歲了，農民每天都非常擔心，不知道主公的家臣是不是隨時都會來把母親抓走，根本無心從事農事。不久，他再也無法忍受這種日子，心想，「與其被那些殘酷的官員帶走，不知道要被扔到哪個小島，不如我自己去把母親扔掉，這樣我也比較放心。」

那天正好是八月十五日的中秋夜。明月正圓，照亮原野與山林。農民來到母親身旁，不經意地說：

「媽媽，今夜的月色真美啊。我們上山去賞月吧。」

於是便背著母親出門了。

穿越闃寂無聲的鄉間小徑，進入山路之後，背上的母親經常折下路旁的樹枝，把它扔在地上。農民覺得奇怪，問道：

「媽媽，妳為什麼要這麼做呢？」

母親只是笑而不答。

他們逐漸走入深山，穿越森林，越過溪谷，總算來到深不可測的深山裡。山裡萬籟俱寂，甚至未聞鳥鳴之聲。唯有皎潔的月光，宛如白天一般，照耀著山林。

農民將母親放在草地上，望著她的臉，流下汩汩的淚水。

母親問：

「咦？你怎麼了？」

譯註1 日本古代的令制國之一，相當於今長野縣。

農民雙手扶在地面，以跪姿說：

「媽媽，請您原諒我。我騙您說要出門賞月，卻把您帶到這樣的深山裡，今年您就滿七十歲了，不知道什麼時候要被流放，與其讓冷酷無情的官員執行，我認為自己來比較好。請您忍耐一下吧。」

母親也不曾露出驚慌的神色，說：

「沒關係，我什麼都明白。我已經放棄了，你快點回去，好好保重身體，認真工作吧。早點回家吧，可別迷路了。」

聽到母親這麼說，農民更覺得放不下母親，一直拖拖拉拉，捨不得離開，在母親的催促之下，這才失魂落魄地回家。

他循著扔在路上的樹枝往前走，不曾在漫長的山中迷路，順利回到家。「原來如此，剛才媽媽折樹枝又扔在地上，是為了讓我獨自回家的時候不至於迷失方向。」如今，他更深刻地體認到母親的愛，只覺得一陣喜悅。總之。他順利回家了，坐在簷廊下，一個人安靜地眺望著山上的明月時，他再也無法保持平靜，不禁悲從中來，再也無法忍住淚水，任憑眼淚不斷滑落。

「現在，媽媽在山上怎麼了呢？」

想到這一點，農民怎麼也無法忍受。儘管還是三更半夜，他又循著剛才的路徑，氣喘吁吁地爬到剛才扔掉母親的深山裡。抵達目的地之後，他發現母親端正坐著，閉上了眼睛。農民坐在她的面前，說：

「都是我不好，做出把媽媽扔掉這種事。以後不管發生什麼事，我都會在您身邊照顧您。」

又把母親背下山了。

儘管如此，再這樣下去，總有一天會被官員發現。農民絞盡腦汁，最後在地板下方挖了一座小倉庫，將母親藏在裡面。每天都會準時送上三餐。

「媽媽，雖然這裡很窄，還請您多加忍耐。」

他總是顧慮著母親。這下子，就連官員都不曾發現他母親的事了。

二

後來，又過了一段時間，一回，鄰國的主公寫信給信濃國的主公。展信一看，內容寫著：

「請讓我看看灰做成的繩子吧。辦不到的話，我就要攻下信濃國。」

那是一個十分強盛的國家，就算兩國交戰，他們也沒有勝算。主公非常煩惱，召集家臣們一起討論。不過，沒有人知道怎麼製作灰做成的繩子。於是主公把消息放到全國。他發了公告，

「有本事製作灰做成的繩子之人，重重有賞。」

要是沒辦法準備好灰做成的繩子，這座國家將被會被攻陷、毀滅，全國的農民都在熱烈討論這件事。

「有沒有人能準備灰做成的繩子呢？」

他們只是吵吵鬧鬧地聊著這件事，提不出什麼好主意。

農民心想，「說不定媽媽知道該怎麼做。」於是，他悄悄來到倉庫旁，詳細敘述

了大家討論的話題，母親笑著說：

「唉，這沒什麼啊。只要在繩子抹上大量食鹽再燒掉，繩子就不會散開了。」

農民心裡十分敬佩，「原來如此，因為這個緣故，所以我們不能瞧不起老人家。」

於是他立刻遵照母親的話，準備了灰做成的繩子，帶到主公的宅邸。主公嚇了一跳，賞給他許許多多的財寶。

由於他們交出原以為不可能備妥的，以灰做成的繩子，鄰國的使者便摸摸鼻子逃走了。

三

又過了一陣子，鄰國的主公再度派遣使者來到信濃國，並且帶來一顆玉石。讀過使者帶來的信件後，寫著希望請他以絹絲穿進這顆玉石。辦不到的話，就要攻下信濃國。

主公取起那顆玉石，仔細端詳，玉石之中有一個彎彎曲曲的小洞，根本沒辦法穿線，主公十分煩惱，再次與家臣討論，家臣之中，沒有任何人能解開這個難關。由於，他再次向整座城的人們公告，如果能將絹絲穿過彎彎曲曲的玉石孔，重重有賞。這下一來，全國的人再次熱烈討論。不過，大家依然沒有解決這種奇怪問題的智慧。

這回，農民也來到倉庫，跟母親商量。母親笑著告訴他，

「這件事很好辦。只要在玉石一側的洞口，塗抹大量蜂蜜，接下來把絹絲綁在一隻螞蟻身上，把牠放進另一個洞口。螞蟻聞到蜂蜜的香氣，就會在彎彎曲曲的洞裡不斷往前進，順便把線從一邊的洞口穿到另一邊的洞口。」

聽完，農民高興地手舞足蹈，立刻前往主公的宅邸，順利地表演把絹絲穿進玉石。主公大吃一驚，這次也賞給農民許多財寶。

將穿進絹絲的玉石還給鄰國的使者，他再次摸著鼻子逃走了。使者回國之後，鄰國的主公也非常困惑，心想：

「信濃國有高人呢。這下可不能隨便攻打他們了。」

信濃國的人心想，這下一來，敵國應該已經放棄攻占念頭，不會再來了吧。

四

過了一陣子，鄰國的主公再度派遣使者帶書信來訪。同時也帶來兩匹母馬。

「究竟為什麼要帶馬過來呢？」

主公心驚膽跳地展開書信一看，上面寫著要請他分辨兩匹馬的親子關係。辦不到的話，就要攻下信濃國。主公再次看著對方帶來的兩匹馬，不管是從尺寸到毛色，幾乎都是同一個模子刻出來的，兩匹馬非常相似，而且同樣活潑地跳著。主公十分煩惱，再次與家臣討論。由於想不出好主意，又公告全國，「有人能分辨馬的親子關係嗎？分得出哪匹是媽媽，哪匹是小孩的人，將賜予所求之物。」

全國又是一陣騷動，許多人心想，這次一定要猜中，得到獎賞，於是他們接二連三地前往主公的宅邸，來看鄰國送來的兩匹馬。不過，他們根本無法分辨兩匹馬，就連知名的馬商，都歪著頭沉思不已。於是，農民又來到倉庫，跟母親討論，母親依然笑著告訴他：

「這個問題也不難解。我曾經聽你過世的爺爺說過。不知道馬匹的親子關係時，先將兩匹馬放到空曠的地方，在牠們之間放草就行了。立刻過去吃草的就是小孩，媽媽則會先放任孩子慢慢吃，接下來才吃剩下的草。」

農民覺得佩服不已，立刻前往主公的宅邸，說：

「請您讓我分辨馬匹吧。」

他遵照母親的說法，在兩匹馬之間扔了青草，不出所料，一匹馬很快就吃了起來，另一匹馬則安靜地坐著觀看。這下就分出親子關係了，主公分別在馬身上綁上牌子，說：

「你看看，這樣子沒錯吧？」

推給使者看，使者說：

「太驚人了。沒有錯。」

說完又摸著鼻子逃走了。

這下子，主公總算是發自內心敬佩農民的智慧了。他說：

「你是這個國家最聰明的人。你說說看，你想要什麼東西？」

農民心想，這次一定要祈求主公放母親一馬。他說：

「我不要錢，也不要東西。」

主公露出疑惑的表情。農民很快接著說：

「請您饒過我的母親一命。」

他一五一十地報告了之前的事情。主公屢屢感到驚訝，睜大了雙眼聆聽。得知灰做成的繩子、將線穿過玉石，還有分辨兩匹母馬的親子關係，全都出自老人家的智慧之後，主公再次敬佩不已。

「原來如此，我們可不能小看老人呢。我們這幾次能度過難關，全都要感謝老人家。我當然會赦免將母親藏起來的農民，從今以後，也不會再將老人家流放到島上了。」

主公說完，賞了農民許許多多的賞賜。不久便張貼赦免老人的告示。全國人民都像是起死回生一般，欣喜若狂。

鄰國的主公本來以為這次的難題一定能難倒他們，想不到他們又輕鬆解開了，他覺得非常沮喪，就此打消了攻打信濃國的念頭。

葛之葉狐

保名也認為這是前往京都、振興安倍家的時機，他非常高興，帶著童子前往京都。接著又來到天皇陛下的皇居，表達來意。

一

從前，在攝津國[1]的安倍野這個地方，住著一名叫做安倍保名的武士。阿倍家好幾代之前，出了一位名叫的安倍仲麻呂的知名學者，曾經遠赴中國，與當地的學者相比，可是毫不遜色。中國的皇帝捨不得他回日本，硬是把他留下來，於是他無法回到日本，在當地過了一生。仲麻呂過世之後，留在日本的子孫也代代隱居在鄉野之間，成了鄉下的粗鄙武士。仲麻呂只留下天文、數學這類艱澀的書籍，沒有人看得懂，於是，這些書籍一直收藏在舊箱子裡，一放就是好幾百年，任憑書蟲啃蝕。保名覺得很可惜，想成為像祖先仲麻呂那樣的學者，將安倍一家發揚光大，不過，打從他小時候，他就擅長馬術、射箭，沒什麼讀書的天分，於是他心想，至少生個厲害的孩子，將那孩子培養成與祖先不相上下的學者。於是，他每個月都前往鄰國和泉國[2]信田森林的明神神社[3]參拜，熱心地祈求有朝一日能喜獲麟兒。

某年仲秋時分。保名又帶著五、六名家臣去參拜信田明神。他一如往常地祈願，正好看到一片日本胡枝子與芒花盛開的美麗秋季原野風景，保名與家臣在此稍事休息，一行人在帳棚裡飲酒作樂。

不久，太陽逐漸西斜，短暫的秋日即將西沉。保名主僕也準備回家，這時，對面森林的深處，傳來吵吵鬧鬧的聲響。還夾雜著太鼓及吹響法螺貝的聲音，宛如戰場一般，那聲響逐漸朝這邊接近。主僕心想，該不會出事了吧，不禁站了起來，這時，在他們正前方的草叢傳出「嗷嗷」的哀戚叫聲。一隻年輕的母狐狸像一陣風似地撲過來。「欸？」還來不及反應，狐狸已經撲進保名的帳棚裡了。牠在保名腳下垂著頭，搖著尾巴，又傷心地叫了幾聲。保名立刻領悟這隻狐狸遭到人們的追趕，無處可逃，前來尋求善心人士的庇護。因為保名是一名重情義的武士，覺得牠很可憐，讓狐狸待在家臣們扛來的箱子裡，把牠藏起來。不久，好幾十名武士發出「喔、喔」的吵鬧聲響，從森林裡衝出來。他們冒然闖進保名的帳棚裡，一言不發地到處翻找。

譯註1 日本古代的令制國之一，相當於今大阪府北部及兵庫縣東南部。

譯註2 日本古代的令制國之一，相當於今大阪府的西南部。

譯註3 供奉著信太明神的神社。

看到他們這副魯莽的德行，保名一時氣憤難耐，訓斥他們，

「你是誰？未經許可就擅自闖進別人的帳棚裡，不覺得很失禮嗎？」

其中，一名看似首領的武士說：

「你才沒禮貌。我們好不容易才找到的狐狸，逃進這頂帳棚了，所以我們才會過來找。快點把狐狸交出來。」

後來，雙方又說了兩、三句話，魯莽的武士們突然亮刀砍過來。保名與家臣都是實力強大的武士，逃過了戰敗的命運，將這些魯莽的武士全都趕跑了。立刻將躲在箱子裡的狐狸放出來，趁亂將牠放走了。狐狸像人類一般，雙手合十膜拜，拜了兩、三次之後，高興地搖著尾巴逃進草叢裡了。

等到狐狸的身影消失後，對面的森林裡再次傳來比剛才吵上三、四倍的人聲。保名嚇了一跳，還來不及回頭，面前已經站著一名騎著壯馬，看似大將的武士，他率領好幾百名武士，聚集在一起攻過來，將保名主僕團團圍住。雙方又展開一場激戰。不過，就算保名主僕再強，剛才那一仗已經耗去不少體力，這次則被一百倍的敵軍包

圍，根本沒有勝算。保名的家臣全數戰敗，保名也中了不少刀傷與箭傷，被眾人綁住手腳，擄走了。

騎著馬的大將正是住在鄰國——河內國[4]，叫做石川惡右衛門的武士。這陣子他的夫人生了重病，看了不少醫生，服用各種湯藥，病情卻一直不見起色，他的哥哥蘆屋道滿，正好是當時隨侍在天皇陛下身側的知名學者，在天文與占卜方面，可說是當時日本的第一把交椅，有一回，惡右衛門請道滿去看看他的妻子，說是夫人的疾病靠一般的湯藥治不好，只能取來年輕母狐狸的活肝，煎煮之後服下。於是他才會帶著人批家臣，到信田森林打獵。可是，他的運氣很差，在森林裡跑了一整天，連一隻獵物都沒打到。他氣得怒火沖天，正要離開的時候，突然看見三隻狐狸母子，躲在長長的芒花陰影之下。他欣喜若狂，立刻命眾人追趕，狐狸嚇了一跳，體力好的狐狸全都逃走了，只剩下一隻年輕的小狐狸，找不到地方躲藏，在眾人的追捕之下，迅速逃進保

譯註4 日本古代的令制國之一，相當於今大阪府的東部。

名的帳棚之中。

好不容易才追到的狐狸，竟然被一個外人搶走了，惡右衛門覺得很不甘心，對保名抱持莫名的敵意。本來想要殺死活捉的保名，另一頭突然傳來一個聲音說：

「喂，刀下留人。」

惡右衛門大吃一驚，回頭一看，來者同樣是河內國藤井寺的和尚。那座寺院是石川家代代相傳的菩提所[5]，他與和尚的交情非常深厚。他詢問和尚：

「您怎麼會在這種地方呢？為什麼不讓我殺死這名男子呢？」

這時，惡右衛門才說出今天獵狐狸的來龍去脈，最後遭到保名的阻礙，實在是怎麼也吞不下這口氣。

和尚安靜地聽完他的話，

「原來如此，難怪你會生氣。不過，取走別人的性命，可不是一件簡單的事。尤其是你現在正要拯救你所珍惜的病人之命，在這種時候，佛祖應該不會認同你取走其他人的性命吧。要是你這麼做，也許會抹煞了病人的一線生機。」

聽到和尚這麼說，傲慢的惡右衛門也喪失些許勇氣。和尚心想機會來了，又說：

「不過，如果你不服氣的話，不如這樣吧。即日起我讓這名男子放棄武士的身分，出家成為我的弟子。請你大人有大諒，就此放他一馬吧。」

惡右衛門終於被和尚說服了，放掉被他們擄走的保名。

隨後，惡右衛門的主僕一行向和尚辭別，再次消失在森林之中，直到看不見他們的身影之後，和尚才對著坐在地上，恍如置身於夢境之中的保名說：

「嘿，那群暴力分子總算走了。請您走對面那條路逃走吧，別被他們發現了。我是這座森林的狐狸，剛才承蒙您的幫忙。您的恩情，我沒齒難忘。」

話才說完，和尚早已變回原來的狐狸模樣，搖著尾巴，走進與惡右衛門等人離開時不同方向的森林小徑。似乎在請保名跟上。保名彷彿還置身夢境，尚未醒來，迷迷糊糊地跟在牠身後。

譯註5　安放祖先墳墓與牌位的寺院。

二

太陽已經完全西沉，換上了暮色。從昏暗的樹木之間，可見似乎輕輕一吹就會飛走的彎月，綻放著耀眼的光芒。不知不覺中，保名跟丟了狐狸，心裡正著急，有氣無力地走在森林裡。往前再走一段路，就是森林的盡頭，來到山與山之間，像山谷一般的地方。他身上的傷勢隱隱作痛，疲憊不堪，口渴難耐，心想只要往下走到溪谷，應該就有水可喝，於是直接往下走，在遙遠的谷底，昏暗月光的照射之下，可見一縷宛如白布般細長的小溪。在微光之中，可見隱約的人影，保名鬆了一口氣，拖著疼痛的雙腿，沿著岩石壁往下爬，對方與這寂寥的溪谷一點也不相襯，竟是一名年約十六、七歲的可愛少女，在溪邊洗著衣服。見了保名的身影，少女嚇了一跳，腳踩了空，差點跌倒了。接著又看到保名沾滿鮮血的手腳、破破爛爛的衣服，更別說像死人般慘白的臉孔，她不禁大叫。保名心生憐惜，說：

「別害怕。我不是什麼奇怪的人。只是受到許多惡徒的追趕，才會受了傷。請讓我喝杯水吧。我覺得很渴，好難受。」

女孩聽了他的話，似乎感到十分同情，勺起溪水，讓保名喝下。接著，她一直打量著保名凄慘落魄的模樣，說：

「看您這慘不忍睹的模樣，不管您等一下要上哪，肯定走到一半就走不動了。您可能會看不上我那又小又髒的屋子，不過，請您到我家來，讓我幫您處理傷口吧。」

保名非常高興，跟著女孩前往她家。她家在山陰處的蕭條位置，只有女孩獨居，沒有其他的家人。女孩沒有父母也沒有兄弟姊妹，幾乎是獨自一人住在這座寂寞的森林深處。

第二天，保名醒來後，發現昨天的傷勢在一夜之間發了高燒，嚴重腫脹。全身像是被榨油板[6]夾過似地，刺痛難耐，站也不是，坐也不是。後來，儘管保名心裡覺得過意不去，每天也是能躺在床上，接受親切的女孩照顧傷勢。

保名的身體花了很長一段時間才復原。儘管如此，女孩仍然每天毫不厭煩地，像

譯註6 將種子夾在兩片木板之間，用力按壓後榨油的工具。

在照顧她的親生手足一般，親切地照顧他。等到保名完全康復，總算可以出門走路的時候，秋季早已結束，已經是隆冬時分了。森林深處的房子，在冬季寒風的每日吹拂之下，樹葉已經完全落盡，隨後，深雪將森林及溪谷盡數掩埋。在這種情況下，保名也一起被大雪埋沒，沒能離開森林。不久，積雪逐漸消融，森林裡，偶爾會傳來小鳥的啼聲，春天的腳步近了。保名每天都照顧著親切的女孩，逐漸淡忘自己的家。後來，又過了一年，春天第二度造訪之時，保名與女孩已經產下一名可愛的男孩了。這陣子，保名已經完全將武士的身分拋到腦後，從清早到傍晚，都待在房子後面的一方小田地，從事農民的工作。他的妻子葛葉，則會趁著照顧孩子的空檔織布，為丈夫及孩子製作衣服。到了傍晚，保名會從田裡摘回新鮮的蔬菜，有時也會提著在工作空檔到森林裡抓來的小鳥回家，這時，葛葉總會抱著孩子，笑盈盈地出門迎接夫婿。

他們過著這樣快樂、和平的歲月，如今孩子已經七歲大了。又是原野開滿日本胡枝子與芒花的仲秋時節。一日，保名一如往常地下田，葛葉則獨自在家中留守。因為天氣很好，所以孩子也出門去野外抓蜻蜓，似乎玩瘋了，一直沒有回家。葛葉一如往常地坐在織布機前，喀啦喀啦地織著布，織累了，她放下手邊的工作，恍惚地望著院子。在逐漸淡去的秋季夕照之中，白菊花散發隱約的香氣。葛葉感到一股毫無來由的寂寞，忘我地失了神。這時，外面傳來叫聲：

「媽媽、媽媽。」

玩累的孩子跑回來了。葛葉陷入恍惚之中，似乎完全沒聽見孩子的聲音，由於葛葉並未答覆，孩子覺得奇怪，悄悄走進院子裡，雖然他看到母親一如往常地坐在織布機前，卻停下織布的動作，趴在織布機上打盹。乍看之下，她的臉並不像人類，而是狐狸的面孔。孩子忍不住「哇！」地大叫一聲，頭也不回地衝到外面去了。

葛葉被孩子的叫聲驚醒，這才醒過來。她已經完全知曉在她打盹的時間裡，發生了什麼事。其實，葛葉並不是人類的女子，而是當時受到保名救助的那隻年輕母狐狸。想到自己一直隱瞞至今的醜陋姿態，竟然被親生兒子看見了，她羞愧得只想自盡，同時也覺得哀傷。

「不能再這樣下去了。」

葛葉說著，任憑淚水不斷滾落。

同時，她又想起自己必須與這八年來親密共處的保名、孩子、以及這間屋子告別，想到這點，她又覺得心如刀割。哭了好一陣子，葛葉站起來，在一旁的紙拉門上寫下這段文字，

「若欲再相會，盼君自相尋。

和泉信田森，白狐之葛葉。」

接著再次哭了好一會兒。好不容易才下定決心站起來，依舊有點留戀地回首，再回首，花了好長一段時間，這才決心離開，不知上哪兒去了。

天色已經完全黑了。保名帶著孩子從田裡回來。見了母親那奇異的模樣，受到驚嚇的孩子哭著到處找父親，好不容易才找到人，向父親說了他剛才見到之事。保名大吃一驚，匆忙帶著孩子回家，卻再也聽不到往常那喀啦喀啦的織布聲，家裡一片死寂，悄然無聲。找遍家中，又從屋裡找到屋外，到處都找不著葛葉的身影。紙拉門在傍晚的微弱光線之下，清晰地泛著白光，仔細一看才發現上面的字。

「若欲再相會，盼君自相尋。
和泉信田森，白狐之葛葉。」
得知母親真的不在了，孩子不知有多麼傷心。
「媽媽、媽媽，妳去哪了？我再也不會做壞事了，請快點回來吧。」
孩子說著，一直不斷地在黑暗之中尋找母親。他認為是自己剛才看到母親變了一張臉，嚇了一跳發出叫聲，才害母親生氣離開了，想到這一點，他又更傷心了。孩子一直說，不管母親是狐狸還是怪物都無所謂，無論如何都想跟母親見面，怎麼也不肯聽話。
因為孩子哭得太厲害了，保名也不知道該怎麼辦，只能牽起孩子的手，漫無目的地在一片漆黑的森林之中來回尋找。後來他們終於來到信田森林，這時早已過了午夜。儘管葛葉早已下定決心，不再現身，卻仍然在孩子的哭聲之下，再次從草叢中現身。孩子非常開心，急忙想要擁抱母親，然而，恢復狐狸姿態的葛葉，早已不是原來人類女子的模樣了。

葛葉狐狸說：

「絕對不能碰到我的身體。當我回到原來的住處，就表示我跟人類的緣分已經盡了。」

保名說：

「無論妳是狐狸還是其他東西，為了這個孩子，請妳像之前那樣，跟我們一起生活，至少待到這孩子滿十歲吧。」

「我也很想待在這孩子的身邊，別說是十歲了，一輩子我都願意，不過，我再也沒辦法回到人類的世界了。我會把這個留給他做紀念，請你們永遠都不要忘記我。」

說著，葛葉狐狸交給保名一只一寸見方的黃金盒子，以及宛如水晶一般晶瑩剔透的白玉。

「這只盒子裡放著龍宮的神奇護身符。只要帶著它，即可通曉天地之間，甚至是人界的所有事物。還有，只要把這顆玉石放在耳邊，即可聽聞鳥獸、草木或岩石之間的對話。請把這兩件寶物交給孩子，讓他成為日本最聰明的人吧。」

說完，她將兩件物品交給保名之後，便以狐狸的姿態，消失在黑暗之中。

三

也許是得到狐狸的神奇寶物吧，狐狸的孩子安倍童子，跟一般的孩子不一樣，天生就聰慧過人，八歲的時候，讀遍各種艱澀的書籍，把安倍家代代相傳的，沒人讀過的天文、數學書籍，甚至是占卜或醫學書籍，全都讀完了，十三歲時，已經是整個日本無人能及的學者了。有一天，童子一如往常地關在小房間裡，閱讀著天文書籍，他面前的院子裡的柿子樹上，飛來兩隻嘎嘎叫的烏鴉。兩隻烏吱吱喳喳地聊著天。童子猜想烏鴉們不知道在聊什麼，於是拿起那顆神奇寶玉，貼在耳邊，原來這兩隻烏鴉分別是來自東方的關東烏鴉，以及來自西方的京都烏鴉。京都烏鴉正在對關東烏鴉聊起這陣子在京都的見聞。

「我在京都的皇居，看到天皇生了重病，引起一陣大騷動呢。人類找來所有的醫生、所有的僧人，用盡各種方法治療與祈禱，卻不見任何起色。這也是很正常的啊，因為天皇根本沒生病嘛，我知道原因哦。」

關東的烏鴉問：

「為什麼呢？」

「事情是這樣的。天皇陛下的皇居最近才改建，施工的工匠是冒失鬼，他為天皇陛下休息的房間立柱子的時候，把蛇和青蛙活活埋進東北角的柱子底下了。牠們現在還在墩柱底下，活得好好的，不分晝夜，隨時準備開戰。蛇跟青蛙生氣的時候，吐出的氣息化為火焰，高達天際，所以就導致天象大變了。因為這個緣故，天皇陛下才會生病。如果不把蛇跟青蛙趕出去，他的病就不會痊癒。」

「哼，人類應該不知道這件事吧。」

後來，京都的烏鴉跟關東的烏鴉像在嘲笑一般，相視而笑，發出嘎嘎的笑聲。後來，關東的烏鴉往東邊飛，京都的烏鴉往西邊飛，就此道別了。

聽了烏鴉的話，童子立刻卜卦，烏鴉說的果然沒錯，於是他到父親跟前稟報這件事，說：

「請您帶我去京都吧。我想治好天皇陛下的病。」
保名也認為這是前往京都、振興安倍家的時機，他非常高興，帶著童子前往京都。接著又來到天皇陛下的皇居，表達來意。天皇陛下也聽聞他們是安倍仲麻呂的子孫，龍心大悅，聽從保名父子的提議。童子說了根據烏鴉所言內容的卜卦結果。皇居的官員也覺得不可思議，半信半疑，不過他們已經找不到解決的方法，只好死馬當活馬醫，試著挖開寢殿東北方的柱子下方，果真如童子所說，找到了不斷吐出火一般的氣息，戰得難分難解的蛇與青蛙，把牠們趕出來，扔出去。不久，天皇陛下的病就日益好轉，很快就康復了。

天皇陛下對安倍童子讚譽有加，那時正好是三月清明時節，於是賜名為安倍清明，授予他五位的官職，擔任陰陽頭[7]之職。後來又改去清明的清字，赫赫有名的占卜名師安倍晴明，也就是這名童子。

譯註7 陰陽寮的管理者，陰陽寮掌管占卜、天文、曆法等事務。

四

年僅十三歲的安倍童子治好天皇陛下的疾病，晉升為官員，聽了這件事，最憤慨的人就屬石川惡右衛門的哥哥——蘆屋道滿了。道滿當時可是日本第一的學者，也是廣受好評的天文及占卜專家，由於這次他沒能治好天皇陛下的病，把功勞拱手讓給一個孩子，難怪他氣憤不平了。於是，他前往皇居，向天皇陛下惡意中傷安倍童子，他說：

「請您務必當心。那個童子是個騙子。恕小的僭越，陛下您的病情，在諸位御醫及在下等人的盡心盡力之下，差不多快要痊癒了。那童子來的時機恰到好處，才會搶走這份功勞。在您臥室之下的蛇與青蛙這件異事，說不定是那對父子跟皇居的某個官員串通好，故意放在裡面的。請您萬萬不可輕易相信他們，請讓他與我進行一場法術的較量吧。如果那童子輸了，那就是他是騙子的證據，您應該立刻奪去他的官位，將他趕走。」

天皇陛下有點生氣地問：

「要是你輸給童子，那又該當如何？」

道滿以高傲的表情回答：
「是的，萬一在下輸了，在下應當將職務與官位全都奉還給您，在下將成為童子的弟子，好好修行。」
於是，天皇陛下將安倍晴明父子找來，請他們在天皇陛下之前進行一場法術較量。待道滿與晴明各自在右邊及左邊坐下之後，由四、五名官員扛來一個看似沉重的長方型大箱子，擺在中央。
領頭的官員說：
「道滿、晴明，天皇陛下要你們猜猜這大箱子裡頭裝著什麼。」
道滿立刻露出得意的表情，說：
「晴明，你先請。你是孩子，我讓你先答。」
這時，晴明客氣地點頭致意，說：
「恕我失禮了，由我先作答吧。箱子裡裝著兩隻貓。」
晴明順利猜對了，把道滿嚇出一身冷汗。

「哼，我看你是瞎貓碰上死耗子。答案是兩隻貓。其中一隻是紅貓，一隻是白貓。」

打開箱子一看，果真跳出兩隻紅色與白色的貓。天皇陛下與官員們都嘖嘖稱奇。

由於這次比賽不分勝負，四、五名官員又搬來一只巨大的高腳托盤，上面蓋著一條厚布巾，不知放了什麼東西。道滿見了之後，認為這次不能讓晴明搶得先機，急忙跳起來說：

「我先說吧。高腳托盤盛放的，是十五顆橘子。」

聽了這句話，晴明在心裡「哼」地冷笑一聲。他打算惡作劇一下，嚇一嚇高傲的道滿。於是施展易物術，迅速地換掉高腳托盤裡的物品。接著若無其事地說：

「這裡放的並不是十五顆橘子。而是十五隻老鼠。」

以天皇陛下為首的諸位官員們都嚇了一跳。本來以為這回晴明要吃癟了。就連陪同的父親保名都臉色蒼白，扯了扯兒子的衣袖。然而，晴明仍然一臉坦然。道滿則是滿臉通紅，大喊：

「看吧，這就是他是個騙子的證據。快點打開吧。快！」

官員們取下覆蓋著高腳托盤的布巾。結果怎麼了呢？高腳托盤盛放的竟然不是橘子，而是截至前一秒，除了晴明之外都沒人能料想到的十五隻老鼠，牠們靈巧地跳出來，在皇居的地板上跑來跑去。躺在長箱子上的兩隻貓很快就發現牠們，突然跳下來，追著老鼠到處跑。眾人紛紛大叫：「唉呀、唉呀！」全都嚇得跳起來，於是演變為皇居裡的大騷動。

這下子，勝負已定了。蘆屋道滿遭到免除官職，被趕出皇居。並且成為安倍晴明的弟子。

各種傳說

大家完全不明白嬰兒哭泣的原因，只是嘴裡唸唸有詞，又回到院子裡去了，沒想到剛才搗到一半的麻糬，連臼一起憑空消失了。

蕎麥根為什麼是紅色的？

一

你們看過蕎麥樹嗎？它綻放著潔白似雪的美麗花朵，建議大家去田裡瞧瞧它的根吧。它的根部是猶如鮮血般的大紅色。蕎麥的根是從什麼時候染成這麼紅的顏色呢？因為曾經發生過以下的故事。

從前，有一位母親，她生下三名男孩。長子叫做太郎，次子叫做次郎，老么非常小，叫做三郎。

有一天，母親出門去鎮上買東西。出門的時候，母親把三個小孩叫來，對他們說：

「媽媽要去鎮上買東西。我很快就回來了，你們三個要乖乖看家哦。記得把門關好，大家乖乖待在家裡。說不定壞心的山姥會假扮成媽媽，過來騙你們，你們要小心一點，絕對不可以開門。不管山姥扮得多像，她的聲音沙啞，跟烏鴉差不多，手腳也像松樹一般乾巴巴的，膚色還很黑，你們千萬別上當哦。」

孩子們說：

「媽媽，您別擔心。我們會聽媽媽的話。」

所以母親放心地出門了。

不過，天色快暗了，原本說很快就回來的母親卻還沒有回家。孩子們愈來愈擔心了。

「媽媽怎麼還沒回來呢？」

正當大家在討論的時候，有人敲了敲大門，說：

「孩子們，開門。我是媽媽哦。我買了好多你們喜歡的禮物呢。」

不過，孩子們聽到沙啞，跟烏鴉差不多的聲音，心想來者並不是母親。一定是山姥假扮的，他們說：

「才不開門，才不開門，妳才不是我們的媽媽呢。媽媽的聲音很輕柔。妳的聲音跟烏鴉一樣沙啞。妳一定是山姥。」

來者的身分真的是山姥。山姥在半路上捉住媽媽，把她吃掉了。然後假扮成媽媽，打算來吃掉孩子們。不過，孩子們不肯幫她開門，她正愁不知道該怎麼辦，於是去了村子裡的油行，偷了一升油，把它吞下肚，好讓聲音變得輕柔，接著她又回來，咚咚咚地敲著門，說：

「孩子們，開門。我是媽媽哦。我買了好多你們喜歡的禮物呢。」

這次的聲音跟媽媽一模一樣，是輕柔又好聽的聲音。不過，孩子們還是沒當真，說：

「好，妳先把手伸給我們看。」

山姥從大門的縫隙中伸出了手，孩子們摸過之後，發現那隻手像松樹一樣，又粗糙又有很多節，而且還乾巴巴的。孩子們又說：

「不要。才不開門，才不開門。媽媽的手比妳光滑柔嫩。妳一定是山姥。」

於是，山姥去田裡拿了曬乾的芋籤，把它纏在手上。

山姥第三度站在家門口，咚咚咚地敲著門，說：

「孩子們，開門。我是媽媽哦。我買了好多你們喜歡的禮物呢。」

孩子們在裡面說：

「把手伸給我們看看。我們看看妳是不是真的媽媽。」

山姥再次從大門的縫隙中伸出了手。這次她的手又滑又嫩，孩子們心想，她一定是媽媽，於是把門打開，讓山姥進家門。

二

假扮成母親的山姥一走進家裡，立刻就吃了晚餐，食量大得把孩子們都嚇傻了，又說今晚太累了，所以想要早點睡，便像往常一般，帶著老么三郎，走進最裡面的房間睡覺去了。太郎與次郎兩人則睡在外面的房間。

夜裡，太郎與次郎突然醒過來，他們聽見裡面的房間裡，傳來有人在啃食物的聲音。那是山姥把老么三郎捉住之後，正在吃他的聲音。

太郎問道：

「媽媽、媽媽，請問那是什麼聲音呢？」

山姥說：

「我肚子餓了，正在吃醃蘿蔔哦。」

次郎說：

「我也想吃。」

山姥說：

「好，分你吃吧。」

於是咬下三郎的小指頭，扔進孩子們的房間裡。太郎把它撿起來，房間太暗了，實在看不出來那是什麼，不過隱約可以摸出是人類的手指。太郎大吃一驚，悄悄鑽進棉被裡，在次郎的耳邊說：

「裡面那個房間裡的人，一定是山姥。山姥假扮成媽媽，正在吃三郎哦。我們動作要是不快一點，接下來就輪到我們被吃了。快點逃吧，快點！」

正當太郎跟次郎悄悄討論的時候，裡面傳來山姥痛快品嚐三郎的聲音，那聲音愈來愈響亮了。

這時，次郎從棉被裡探出頭來，說：

「媽媽，媽媽，我想去小便。」

「好，你起來之後自己去外面解決吧。」

「我不會開門。」

「叫哥哥幫你開吧。」

於是，太郎跟次郎準備逃跑，兩個人動作緩慢地從棉被裡爬出來，打開門之後，走到外面去了。天氣晴朗，星星綻放著耀眼的光芒。兩人來到院子井邊的桃樹，以柴刀劃出刀口充當踩腳處，爬到樹上去了。接著，他們屏著氣息，安靜地躲著。

兄弟倆去小便之後，一直沒有回來，所以山姥踩著緩慢的步伐出門找人。黎明時分的月亮正好升起，在院子上方明亮地照耀著。不過，到處都找不著兄弟倆的身影。到處找了一圈，她也累了、渴了，正想喝個水，山姥來到井邊，水面清楚地映照出兄弟倆躲在桃樹上的身影。

「騙人家要去小便，結果卻爬到那裡去啦。」

山姥抬頭仰望桃樹，責罵兄弟倆。聽到她的聲音後，兄弟倆更是害怕地縮成一團。

山姥問：

「你們怎麼爬上去的？」

太郎說：

「我們把髮油塗在樹上，再爬上來的。」

「哼，這樣啊。」

說完，山姥便去拿髮油了。兄弟倆在樹上嚇得直發抖，山姥取來髮油，厚厚地塗抹在桃樹上。

「好，我要上去了。」

說著，山姥把腳跨在桃樹上，結果馬上就踩到髮油，滑下來了。後來，她又滑了好多次，儘管如此，她仍然逞強地爬了一間[1]的高度，最後終於還是滑下來，一屁股跌坐到地上。

次郎在樹上笑著說：

「笨蛋山姥，塗了髮油怎麼可能爬到樹上呢？我們是用柴刀切出刀口才爬上來的。」

山姥問：

「柴刀在哪裡？」

次郎說：

「柴刀就放在井邊啊。」

說完又笑了。

山姥到井邊一看，實在是搆不著，她氣得去倉庫找來鎌刀，把桃樹上的髮油切下來，開始劃出新的刀口。看到山姥開始在桃樹劃出刀口，兄弟倆開始著急了。不久，山姥砍出愈來愈多的刀口，旋即發出沙沙沙，讓人不寒而慄的聲響，爬了上來。孩子們不知該如何是好，只好爬到更高、更高的枝椏上。最後終於爬到最高處，已經無路可退了，不過山姥還是不停地往上爬。兩人正愁該怎麼辦，只好仰望著天空，用盡全力發出悲傷的聲音，大叫：

「天神啊，請賜我們一條金屬繩吧。」

於是，他們突然聽見一陣咖啦咖啦的聲響，從高高的天空中，竟然垂下一條長長

譯註 1　一間約為一・八公尺。

的鐵繩。太郎與次郎攀住那條繩子，輕巧地爬進天空中逃走。

山姥見狀覺得十分氣憤，同樣仰望著天空，大聲叫喚，

「天神啊，請賜我一條爛繩子！」

這時，立刻傳來一陣窸窸窣窣的聲響，從高高的天空中，竟然垂下一條長長的爛繩子。山姥立刻攀到那條繩子上，追趕著孩子們，不斷地往上攀爬。不久，由於受到自己身體的重量拉扯，繩子愈來愈脆弱，竟然在一半的地方斷掉了。

就這樣，山姥抓著另一半的繩子，從高高的天空中，頭下腳上地跌在大片蕎麥田的正中央。頭重重地打在大石頭上，流了很多血，死掉了。鮮血將蕎麥根都染紅了，如今，仍然呈現鮮血一般的大紅色。

猴子與螃蟹

正值農閒時期，村子四處傳出熱鬧的搗麻糬聲。山裡的猴子跟河裡的螃蟹在路上巧遇，於是他們討論了起來。

「我們去偷一臼的麻糬，兩個人一起吃掉，你覺得意下如何？」

討論很快就有結果，猴子跟螃蟹開始想該怎麼偷麻糬。

他們來到一戶人家，那戶人家的居民全都到院子裡去了，啪啪啪地將所有的注意力集中在搗麻糬上。他們讓一名嬰兒先睡在客廳，沒有其他人陪在嬰兒身邊。

這時，螃蟹慢條斯理地從簷廊往上爬，用蟹螯夾了一下嬰兒的手。嬰兒嚇了一跳，痛得像被火燒到似地，「哇」地一聲哭了起來。在院子裡的人心想不知道發生什麼事，慌忙把臼跟杵都扔在原地，衝進客廳一瞧，這時，螃蟹已經逃走了。大家完全不明白嬰兒哭泣的原因，只是嘴裡唸唸有詞，又回到院子裡去了，沒想到剛才搗到一半的麻糬，連臼一起憑空消失了。眾人被耍了兩次，只覺得氣憤不平，追到外面去，不過這回卻是什麼都看不見了。

螃蟹走到山坡上等待猴子，看到猴子滾著一口大臼走過來。

螃蟹說：

「你覺得怎樣？事情順利完成了吧？我們一起吃吧。」

猴子說：

「對啊，這臼真重，累死我啦。不過，要是現在就把它吃了，似乎少了點樂趣。不如我們從這裡把這個臼推出去，兩個人在後頭追，先追到的人可以吃麻糬，你覺得如何？」

螃蟹吹著泡泡一邊說：

「猴子先生，這可不行。你應該很清楚，比跑步，我絕對比不上你。不要這麼壞心眼，我們哥倆好一人分一半嘛。」

猴子不肯聽，說：

「不要就算了。我要自己獨吞。你以為是誰花了那麼大的力氣，把臼搬到這裡？」

螃蟹說：

「我也讓嬰兒哭泣，欺騙了大家，才讓你有機可趁吧？」

「少說歪理了。來追我啊。」

說著，他毫不客氣地把臼從坡道往下推。臼隆隆隆地往下滾。猴子也跟著追上去。

螃蟹不得已，只好心不甘情不願地跟上。才跑到坡道半路，麻糬就從臼裡滾出來，掉在路邊的樹根上。猴子沒發現，只顧著追臼，緊追在後。

螃蟹半路就看到樹根上的白色物體，覺得可疑，湊上去一看，才發現是剛搗好的麻糬，心想：「這下可好了。」於是一個人開心地吃了起來。猴子一路跑到山下，發現臼是空的，十分沮喪，在山下怒吼：

「喂，快讓麻糬滾下來。」

螃蟹嘲笑他：

「剛搗好的麻糬怎麼滾得動呢？我先等它變硬，變成鏡餅[2]，再幫你滾下去吧。」

雖然猴子很生氣，畢竟是自己的提議，只能乖乖向螃蟹道歉，拔下屁股的毛送給螃蟹，請螃蟹分他半個麻糬。據說這就是為什麼如今猴子的屁股沒有毛，螃蟹手腳卻長著毛的原因。

譯註2　將麻糬捏成兩個平坦的圓形後疊在一起，供奉神明用的新年裝飾品。

狐狸與獅子

從前，日本的狐狸遠赴中國，成為那邊野獸同伴的一分子。

一回，野獸們全都在森林裡集合，自顧自地說起自己的當年勇。聽了大家的話，獅子露出一副百無聊賴的表情，說：

「不管你們怎麼說，在這個世界上，沒有人比我更威風。只要我大吼一聲，方圓十里之內的房子都會震動，所有的鍋碗瓢盆都會碎裂。」

老虎聽了不服氣，說：

「哼，只要我輕輕往前跑，一步就能跑到千里之外。不管你怎麼想，還是沒人比得上我的腳程。」

這時，日本的狐狸也不服輸，裝腔作勢地說：

「你們看看，我的身體這麼小，卻不會輸給你們！」

獅子生氣了。

「別說大話。明明只是隻生在蕞爾小國的小狐狸。好，你乖乖站在那裡不要動。

聽我吼一聲吧。我要讓你那小小的身體粉身碎骨，跟垃圾一樣吹走。」

說著，獅子的丹田用力，「嗚嗚」地吼了一聲。這吼叫聲果真如牠所言，幾乎快要把在場的動物都吹跑了，狐狸慌忙在地上挖了一個小洞，把身體縮起來，鑽進洞裡。等到吼叫聲平靜下來，牠才輕快地從裡面跳出來，盡情地嘲笑獅子：

「你看看，獅子先生，想不到你只有這點能耐。別說把垃圾吹跑了，根本沒辦法讓我的腳抖一下呢。」

獅子這回認真了，氣得全身的毛都豎起來，用盡全身的力氣，固執地大吼一聲「嗚嗚」。因為牠太用力了，結果把脖子都吼斷了。這下子，狐狸又更得意了，他向老虎說：

「你看看。只要反抗我，就連獅子都會落得這下場。你也乖乖認輸吧。」

老虎怎麼可能認輸，說：

「好，不然我們來比賽在叢林裡跑千里吧。」

狐狸完全沒露出困擾的神色，說：

「好啊。比就比。」

牠們立刻著手準備比賽。不久，在「一、二、三」的吆喝聲之下，本以為老虎跟狐狸一起往前跑，結果狐狸在後方輕輕躍到老虎的背上。老虎不知道狐狸坐在自己背上，只顧著不斷往前衝刺，千里的叢林就在牠的一躍之間，衝到盡頭，跑得滿身大汗。這時，狐狸則搶在老虎之前，先從老虎的背上跳下來，在牠前方兩、三間遠的地方說：

「來啊，來啊。」

於是，老虎也輸了。

狐狸洋洋得意地背著獅子的首級，回到日本。這就是如今人們在祭典時套上獅子頭的由來。

青蛙與蚯蚓

很久很久以前，神明找來許許多多的鳥類、蟲及野獸，決定牠們每天吃什麼、要被誰吃掉。好幾萬種生物紛紛聚集到神明的身邊，各自接受了神明的指示。其中，蛇的肚子最餓，走起路來搖搖晃晃，所以最後才到場，只能跟在大家後頭，緩緩地往前進。在牠的身後，則是活潑的青蛙，充滿活力地跳過來。青蛙很快就趕上蛇，對他口出惡言，

「蛇先生，你的動作好慢啊。你就舔我的屁股吧。」

接著又繼續往前跳走了。蛇氣到說不出話來，卻也拿牠沒辦法，只能落在隊伍的最後頭，緩慢地前進。當蛇走到神明面前時，幾乎所有的生物都已經獲得牠們的食物，笑咪咪地回家了。神明看見蛇來得特別晚，便問：

「你怎麼這麼晚才來呢？」

於是蛇便把自己肚子餓到走不快的事、半路被青蛙追上的事、青蛙叫牠舔屁股的事全都告訴神明。神明聽了非常憤怒，把已經離開的青蛙又叫了回去。接著祂對蛇說：

「既然青蛙叫你舔牠的屁股，那你就舔吧。從今以後，只要你肚子餓，隨時都能從青蛙的屁股開始，把牠整隻吞進肚子裡。」

蛇非常高興，立刻抓住青蛙，把牠從屁股整隻吞進肚子裡。這下子也決定好蛇的食物了，神明正要回家時，有個小小的聲音叫住祂，

「喂、喂。」

那個生物從地底爬出來。原來是眼睛看不見的蚯蚓，因為牠的眼睛全盲，才會花了許多時間抵達。

蚯蚓說：

「喂、喂，神明啊。請問我該吃什麼才好呢？」

神明手邊已經什麼都不剩了。這時，祂覺得麻煩，便說：

「你吃土吧。」

蚯蚓露出不滿意的表情。固執地再問：

「吃完土之後該吃什麼呢？」

神明被牠惹火了，罵牠：

「你就在夏天的大太陽底下曬死吧。」

於是蚯蚓只能靠吃土維生，夏季豔陽天出門時，還會被曬死。

麻雀與啄木鳥

從前，一隻麻雀認真照著鏡子，把牙齒染黑[3]時，染到一半突然接獲母親的死訊。

麻雀嚇了一跳，牙齒只染了一半，便急忙趕到母親所在之處。神明感念麻雀的孝行，說：

「麻雀啊，從現在起，我允許你啄食稻子的初穗[4]。」

由於麻雀染黑牙齒的時候，只染了一半，直到現在麻雀的喙仍然只有下半部是黑色，上半部仍然是白色。

相較之下，啄木鳥接到母親的死訊時，仍然對著鏡子塗口紅，抹粉底，只顧著打扮自己，根本不管母親的死訊，若得神明動怒了，祂說：

「你就吃樹裡的蟲子吧。」

後來，啄木鳥只能在樹枝之間來回行走，飢餓地找蟲子吃。

譯註3 當時女性流行的化妝法。

譯註4 在秋季稻子收割前，獻給神明的成熟稻穗。

楠山正雄・くすやま まさお

貓頭鷹與烏鴉

從前，貓頭鷹從事染布坊的工作。各式各樣的鳥兒都會來找貓頭鷹，請牠把身體染成紅色、藍色、鼠灰色、琉璃色、黃色等等各種美麗的色彩。烏鴉見了欣羨不已，想要變得更漂亮，牠也想請貓頭鷹為牠染上最美麗的顏色，於是來找貓頭鷹。

烏鴉說：

「貓頭鷹先生，貓頭鷹先生。請把我的身體染成跟其他鳥兒完全不同的顏色吧。我想要讓全世界的鳥兒都為之驚嘆。」

「好，沒問題。」

貓頭鷹接下他的委託，牠歪著頭苦思了許久，隨後，牠將烏鴉泡進盛滿漆黑墨色顏料的水壺裡。

「好了，這下就成了顏色無與倫比的鳥兒了。」

說著，貓頭鷹將烏鴉拉起來。烏鴉十分期待，不知道自己染上多麼美麗的色彩，牠急忙來到鏡子前面一看，卻嚇了一大跳，從頭頂到尾巴的尖端，都成了漆黑一片，根本看不出眼睛跟鼻子了。於是，烏鴉發脾氣了，生氣讓牠變得更黑了，牠說：

「為什麼要染這個顏色呢？」

貓頭鷹毫不在乎地說：

「因為跟其他鳥兒完全不同的顏色，就只剩下這個囉。」

烏鴉氣憤不已，埋怨地說：

「哼，你竟敢讓人變成這副德行。從今天起，我與你誓不兩立。」

從這時起，烏鴉跟貓頭鷹就成了世仇。貓頭鷹害怕烏鴉尋仇，白天絕對不會現身。

蜜蜂

從前從前，在上古時期，神明創造各種生物之時，也做了許多蜂類。在那麼多的蜂類之中，唯有蜜蜂沒有蜂針。於是蜜蜂一臉不滿意地來找神明，說：

「其他蜂類都有蜂針，只有我沒有蜂針。請您替我加上蜂針吧。」

神明說：

「不行，因為你將會被人類豢養，所以不需要蜂針。如果你堅持的話，我可以幫你加上，不過你可別刺人哦。要是不小心刺了人，你的蜂針將會折斷，就此喪命哦。」

蜜蜂說：

「我絕對不會刺人，請給我蜂針吧。」

「既然這樣，那我就給你蜂針吧。」

說著，神明為蜜蜂加上蜂針。後來就如同牠們之間的約定，即使蜜蜂有蜂針，也不能刺人。要是刺了人，蜂針就會折斷，失去性命。

比目魚

從前，有一個壞心眼的女孩。她的生母已經過世，現在的母親是之後才來的繼母。每當她做了什麼壞事，受到母親責罵時，她總會覺得是母親憎恨自己，所以她總是充滿恨意地瞪著母親。

然而，由於她過度瞪視著母親，不知不覺間，她的眼睛逐漸往後移動，最後終於移到背上去了。於是，女孩變成一種叫做比目魚的魚類。

話說起來，比目魚這種魚的眼睛長在背上。因此，現在人們仍然說瞪視自己雙親的人會變成比目魚。

杜鵑鳥

從前，有一對兄弟。弟弟非常親切、善良，關心自己的兄長，上山採芋頭的時候，一定會把最好的部位留給哥哥品嚐，自己總是吃尾端難吃的部分。不過，哥哥不僅是盲人，個性又十分孤癖，老是想：「弟弟一定瞞著我，吃掉好吃的部位，再把吃剩的留給我。真想剖開他的肚子瞧瞧。」最後終於動手殺了弟弟。

不過，弟弟的肚子裡只有芋頭的尾端。當哥哥發現自己懷疑了正直的弟弟後，他非常後悔，緊緊抱住弟弟的屍體，流著血淚哭個不停。

結果，弟弟的屍體長出羽毛，化為一隻鳥，「布穀。布穀。」地叫著，飛走了。「布穀」發音類似日文的芋頭尾巴。弟弟表示「我吃了芋頭的尾端。」所以叫著：

「布穀。布穀。」

哥哥愈來愈心疼弟弟，也化為一隻鳥，叫著：「不如歸去，不如歸去。」追在弟弟之後飛走了。

每年齒葉溲疏開花的時候，杜鵑總會在昏暗的天空中，發出痛徹心扉的叫聲，四處飛舞，牠們的叫聲有人聽來像是「布穀。布穀。」，也有人聽來像是「不如歸去，不如歸去。」。這是因為化身為鳥的兄弟，在漆黑的夜裡，永遠呼喚著對方。

鴿子

過去，鴿子是非常不孝的生物，只要父親喊右，牠就往左，喊左則會往右，反正牠就是不喜歡聽別人的話，凡事都要反抗。因此，鴿子父母想要鴿子小孩前往山區的時候，就會故意說今天要去田裡。想要牠們去田裡的時候，則會故意說，今天要去山上。

當鴿子父母臨死之時，牠們希望死後孩子將牠們葬在山裡的墳墓，便故意留下一句話。

「我死之後，把我埋在河岸邊的小石頭與砂石之中。」

跟鴿子父母道別之後，鴿子小孩突然感到一陣傷心。於是牠想，這次一定要聽從父母的話，於是遵照指示，將雙親的遺骸埋在河岸的小石子與砂石之中，立了一塊小巧的墓碑。

由於這裡是河邊，一旦下雨，水位高漲，水就會從河岸一帶流出去，小石頭跟砂石也會被沖垮，墳墓也一樣，差點被沖走了。於是鴿子小孩更加感念鴿子父母，傷心地不停叫著：「咕咕咕」。

子欲養而親不待，如今，據說鴿子還是後悔莫及。

代代相傳的日本童話寶玉

有為民除害的桃太郎、
與熊相撲的金太郎，
還有人生如幻的浦島太郎……

書　　名　代代相傳的日本童話寶玉
作　　者　楠山正雄
譯　　者　侯詠馨
策　　劃　好室書品
特約編輯　霍爾
封面設計　謝宛廷
內頁美編　洪志杰

發 行 人　程顯灝
總 編 輯　盧美娜
美術編輯　博威廣告
製作設計　國義傳播
發 行 部　侯莉莉
財 務 部　許麗娟
印　　務　許丁財
法律顧問　樸泰國際法律事務所許家華律師

藝文空間　三友藝文複合空間
地　　址　106 台北市安和路 2 段 213 號 9 樓
電　　話　(02)2377-1163

出 版 者　四塊玉文創有限公司
地　　址　106 台北市安和路 2 段 213 號 9 樓
電　　話　(02) 2377-1163、(02) 2377-4155
傳　　真　(02) 2377-1213、(02) 2377-4355
E - m a i l　service@sanyau.com.tw
郵政劃撥　05844889 三友圖書有限公司

總 經 銷　大和書報圖書股份有限公司
地　　址　新北市新莊區五工五路 2 號
電　　話　(02) 8990-2588
傳　　真　(02) 2299-7900

初　　版　2023 年 10 月
定　　價　新台幣 420 元
I S B N　978-626-7096-53-6（平裝）

◎版權所有・翻印必究
◎書若有破損缺頁　請寄回本社更換

國家圖書館出版品預行編目 (CIP) 資料

代代相傳的日本童話寶玉：有為民除害的桃太郎、與熊相撲的金太郎，還有人生如幻的浦島太郎....../ 泉楠山正雄著；侯詠馨 譯 .-- 初版 . -- 台北市：四塊玉文創有限公司，2023.10　320 面；14.8X21 公分 . --（小感日常：21）
ISBN 978-626-7096-53-6（平裝）

861.596　　112014261

SANYAU
http://www.ju-zi.com.tw
三友圖書
友直 友諒 友多聞

三友官網　三友 Line@